OETINGER TASCHENBUCH

Thomas Schmid, 1960 in Landshut / Bayern geboren, wollte als Kind entweder Stuntman oder Schriftsteller werden. Dann studierte er Literatur-, Theater- und Kommunikationswissenschaften und ist heute als freier Autor tätig. Außer Büchern für Kinder und Jugendliche schreibt er auch Drehbücher fürs Fernsehen, u. a. für »Marienhof«, und für den Hörfunk, u. a. für das satirische Kindermagazin »Sonntagshuhn« des Bayerischen Rundfunks. Er lebt mit seiner Frau und drei Kindern in Niederbayern.

Thomas Schmid

Die Wilden Küken
Eisalarm

Mit Illustrationen von Edda Skibbe

Oetinger Taschenbuch

Außerdem bei Oetinger Taschenbuch erschienen:

Die Wilden Hühner (Band 1)
Die Wilden Hühner auf Klassenfahrt (Band 2)
Die Wilden Hühner – Fuchsalarm (Band 3)
Die Wilden Hühner und das Glück der Erde (Band 4)
Die Wilden Hühner und die Liebe (Band 5)
Die Wilden Küken (Band 1)
Die Wilden Küken – Echte Freundinnen (Sammelband)

MIX
Papier aus verantwortungsvollen Quellen
FSC® C014496

1. Auflage 2017
Oetinger Taschenbuch in der Verlag Friedrich Oetinger GmbH,
Poppenbütteler Chaussee 53, 22397 Hamburg
Oktober 2017

Einband- und Innenillustration: Edda Skibbe
Druck: GGP Media GmbH,
Karl-Marx-Straße 24, 07381 Pößneck, Deutschland
ISBN 978-3-8415-0397-8

www.oetinger-taschenbuch.de

Das Thermometer vor dem Wohnzimmerfenster zeigte fünf Grad plus. Anstatt zu schneien, regnete es. Nur verschwommen konnte Lilli die Bäume am anderen Ende des Gartens erkennen. Das Sternentuch aus Seide, das sie gestern um eine der Tannen geschlungen hatte, war nur ein sinnloser gelber Fleck in all dem Grau. Lilli hauchte gegen die Scheibe und malte mit dem Fingernagel dünne Spiralen auf das beschlagene Glas. Ihre Gedanken versanken im Nebel. Jetzt war Lilli eine Eisprinzessin. Die Kufen ihrer Schlittschuhe sangen eine unhörbare Melodie, Lillian Holiday schraubte sich in die Luft, ihr Kostüm glitzerte, ihre Locken wirbelten … Da klingelte es. Lillian Holiday plumpste aus ihrem Tagtraum und war wieder Lilli Holler, die vergeblich auf den ersten Schnee wartete.

Sneaker, der vor dem Sofa auf dem Teppich döste, hob den Kopf und bellte.

»Machst du mal auf?«, rief Lillis Vater aus der Küche.

Es klingelte erneut. Diesmal energischer.

»Lilli!« Die Stimme aus der Küche klang ebenfalls energischer. Es roch nach verbrannten Plätzchen.

Hoffentlich nicht Luisa, dachte Lilli und öffnete die Haustür.

Bob und Very grinsten Lilli ins Gesicht.

»*Avanti,* Oberküken!« Bob schnappte sich Lillis Anorak von der Garderobe.

»Bandentreffen auf der Eisbahn«, ordnete Very an. Über ihrer Schulter hing ein ziemlich neues Paar Schlittschuhe aus weißem Leder.

»Passwort?« Lilli verschränkte abwartend die Arme.

Very verdrehte die Augen. »Kannst du dir das nicht mal abgewöhnen?«

»Sind wir eine Bande oder nicht?«, fragte Lilli.

»Es war *Eiszapfen*, oder?«, grübelte Very.

»Nein, *Schneeball*!« Bob warf Lilli den Anorak über den Kopf. »Jetzt komm, wir waren gestern schon ohne dich da!«

»Es war *Schneeflocke*«, sagte Lilli. »Und außerdem hab ich gar keine Schlittschuhe.«

»Na und, ich auch nicht.« Mit ihrem Hinterteil drückte Bob die Haustür auf. »Wir leihen uns welche bei Gelatino. Vielleicht müssen wir nicht mal was bezahlen.«

Das Regenwetter vor der Tür sah nicht gerade einladend aus.

Widerwillig schlüpfte Lilli in ihre Stiefel. »Papa, ich geh mit den Mädels zur Eisbahn.«

Aus der Küche kam nur ein »Mmh«.

Bob rümpfte ihre Knubbelnase.

»Papa backt für deine Tante Luisa Zimtsterne«, erklärte Lilli und fand die Vorstellung, dass die Freundin ihres Vaters ihm zuliebe verbrannte Plätzchen hinunterwürgte, eigentlich ganz reizvoll.

Lilli hielt mit beiden Händen den großen grauen Herrenschirm ihres Vaters über sich und ihre Freundinnen. »Luisa nervt echt total. Wieso muss Papa sich auch ausgerechnet in unsere Lehrerin verknallen? Wenn sie auf einer Bohrinsel arbeiten würde, dann wäre sie weit weg und nicht jeden Abend bei uns.«

»Eigentlich ist Bobs Tante doch ganz in Ordnung«, meinte Very.

Eine Windbö trieb ihnen Regentropfen ins Gesicht.

Bob duckte sich tiefer unter den Schirm. »Stell dir vor, dein Dad hätte sich in die Schley verliebt.« Frau Schley war die Mathelehrerin der *Wilden Küken* und eine echte Katastrophe.

»Du bist doch nur froh, dass deine Tante jetzt mich als Opfer für ihre Nachhilfe auserkoren hat.« Lilli patschte in eine Wasserlache und redete drauflos, wie sehr sie die Weihnachtsferien herbeisehnte und den ersten Schnee. Lilli erzählte, was Sneaker in letzter Zeit alles angestellt hatte und welche Kinofilme sie gerne sehen würde, bis sie endlich Luft holte und das sagte, was ihr am meisten auf der Seele lag. »Und außerdem kann ich überhaupt nicht Schlittschuh laufen. Deshalb wollte ich gestern nicht mit.«

Very hakte sich rechts bei Lilli ein. »Es ist genauso wie Inlineskaten!«
»Außerdem halten wir dich!« Bob nahm Lillis linken Arm und dann hoben die beiden Lilli ganz leicht hoch, sodass ihre Füße kurz über dem regennassen Gehweg schwebten.

Die Eishalle war erfüllt von Musik, Stimmengewirr und Gelächter. Am Rand der Eisfläche war mit einer rotweißen Flatterleine ein kleines Gebiet für eine Gruppe Kindergartenkinder abgesperrt, die kreischend und johlend hin und her rutschten oder auf dem Bauch übers Eis robbten. Lilli kam es vor wie eine verkehrte Welt, draußen regnete es, aber hier drin war der herrlichste Winter. Auch wenn sie noch nie Schlittschuh gelaufen war, angesichts des bunten Treibens auf dem Eis klopfte ihr Herz jetzt voller Vorfreude.
»Komm, da hinten ist Gelatino.« Von der Treppe zwischen den Tribünen aus winkte Bob ihm zu.
Lillis Augen suchten die Eisfläche nach bekannten Gesichtern ab, da raste auch schon Mitch in ihr Blickfeld. Mit hochrotem Gesicht jagte er dem Puck nach, den er mit seinem Eishockeyschläger vor sich hertrieb. Lilli musste unwillkürlich lächeln, als sie Little entdeckte, der vorsichtig einen Stuhl vor sich her schob. An dessen Lehne geklammert, machte er so vorsichtige Schritte, als befände er sich auf dünnstem Eis und würde jede Sekunde damit rechnen, einzubrechen.
Lilli legte die Hände wie einen Trichter an den Mund. »Wo ist denn Ole?«

Little blickte nicht mal auf.
Lilli war sich nicht sicher, ob sie den allgemeinen Lärm übertönt hatte. Mitch jedoch drehte sich um, aber anstatt zu antworten, richtete er den Eishockeyschläger wie ein Gewehr auf Lilli und ballerte drauflos, als wäre er einer der Helden aus seinen Actionfilmen.
Genau wie Lilli, Bob und Very waren auch Mitch, Little und Ole eine Bande: die *Grottenolme*. Die Jungs hatten ihnen schon so manchen Streich gespielt, aber die *Wilden Küken* waren den *Olmen* nichts schuldig geblieben.
Derzeit herrschte allerdings Waffenstillstand zwischen den Banden.
Very streckte Mitch, der ihr durch die gläserne Sicherheitswand vor den Tribünen hindurch Grimassen schnitt, kurz ihre spitze Zunge raus und zog Lilli am Ärmel weiter Richtung Schlittschuhverleih.
Gelatino half gerade einer Eisläuferin aus den Schlittschuhen. »Omeiomei, de san ja eiskoid!« Gelatino begann, der jungen Frau die Füße zu massieren.
Gelatino hieß eigentlich Georg Hadersdorfer, hatte seit Kurzem den Führerschein und kam nicht etwa aus Italien, sondern aus Bayern, genauer gesagt aus Rosenheim. Im Sommer jobbte er als Eisverkäufer in der Eisdiele von Bobs Mutter. Im Winter half er ab und zu im Schlittschuhverleih der Eisbahn aus.
Bob durchstöberte die Regale nach passenden Schlittschuhen für sich und Lilli.

»Wir können die doch gratis leihen?«, sagte sie in Gelatinos Richtung und drückte Lilli ein Paar Schlittschuhe in die Hand. Aber Gelatino ließ nicht mit sich handeln und verlangte den vollen Preis. Weil Lillis Geld schon für den Eintritt draufgegangen war, legte Very ihr den Betrag aus. Very bekam pro Woche so viel Taschengeld wie Lilli und Bob zusammen im Monat.

Very legte das Geld neben ihn auf die Sitzbank, aber Gelatino hatte nur Augen für die Eisläuferin.

Da tauchte hinter ihm Giulia, Bobs ältere Schwester, auf und zwinkerte den *Wilden Küken* erst verschwörerisch zu, dann räusperte sie sich. »He, Gelatino, wird deine Freundin da nicht eifersüchtig?«

Gelatino hatte überhaupt keine Freundin. Das wussten er und Giulia und die *Wilden Küken*, aber nicht die Eisläuferin. Leicht pikiert zog sie ihren Fuß aus seinen Händen und machte sich aus dem Staub.

Giulia lachte frech und lief zu ihrem Freund Justin, der schon ungeduldig auf sie wartete. Missmutig schaute Gelatino zu, wie Giulia Justin zur Begrüßung einen langen Kuss gab.

Bob schob Lilli vor sich her Richtung Eisbahn. »Meine Schwester will zu Justin ziehen, und wenn das klappt, dann krieg ich Giulias Zimmer!«

Lilli und Very waren beide Einzelkinder. Für sie war ein eigenes Zimmer eine Selbstverständlichkeit. Aber Bob schlief noch immer zusammen mit ihrem kleinen Bruder in einem Etagenbett.

Wie versprochen, hakten sich die Freundinnen bei Lilli links und rechts unter, sobald sie auf dem Eis waren. Die drei *Wilden Küken* summten die Musik aus den Lautsprechern mit und setzten, dem Rhythmus folgend, im Gleichschritt Fuß vor Fuß. Immer schneller glitten sie übers Eis und immer sicherer fühlte sich Lilli.

Mitch kreiste um sie herum und versuchte immer wieder, seinen Puck gegen die Kufen der *Wilden Küken* zu schießen.

»Lass das, du Knallkopf«, rief Very. »Bis zum ersten Schnee herrscht doch Waffenstillstand.« Aber schon wieder musste Very dem Puck ausweichen. »Na, warte.« Sie ließ Lilli los und nahm wutschnaubend Mitchs Verfolgung auf.

Ein paar wacklige Schritte fuhr Lilli, auf Bob gestützt, weiter, bis Bob sie einfach auf Littles Stuhl absetzte und ebenfalls hinter Mitch herjagte.

Little hüstelte und stellte in sachlichem Ton fest: »Du bist zwar etwas schwer, aber ich schiebe dich trotzdem.«

»Das ist aber lieb von dir«, sagte Lilli mit leisem Spott.

Little schob immer langsamer und ächzte. »Die Schwerkraft setzt sich aus der Erdanziehung abzüglich der durch die Erdrotation bewirkten Zentrifugalkraft zusammen.« Little war Oles Zwillingsbruder. Sein richtiger Name war eigentlich Linus, aber alle nannten ihn nur Little, manche auch Professor Little. Die Brüder waren keine eineiigen Zwillinge, und weil sie sich ziemlich unterschiedlich kleideten und Ole viel längere Haare hatte, konnte man die beiden gut auseinanderhalten. Lilli legte den Kopf zurück und blickte in

Littles Augen. Sie waren genauso tiefblau wie die von Ole.
»Wo ist denn dein Bruder?«
»Die vom Eishockeyklub haben noch eine Besprechung.«
Lilli zog die Füße hoch. Haarscharf sauste erst Very mit vollem Karacho vorbei und gleich hinter ihr Mitch.
»Gib her, Very, oder ich …« Mitch keuchte. Er war ziemlich aus der Puste.
Very hatte sich seinen Eishockeyschläger geschnappt, fuhr jetzt elegant rückwärts und wedelte dabei mit dem Schläger vor Mitchs Nase herum, als würde sie einen Hund mit einem Knochen locken. »Fass, Hundi, fass!«
Hinter den beiden her lief Bob mit dem Puck in der Hand.
Je erschöpfter und plumper sich Mitch auf dem Eis bewegte, desto graziöser schwebte Very. Genau in dem Augenblick, in dem Mitch die Hand nach seinem Schläger ausstreckte, drehte Very eine Pirouette und Mitch griff ins Leere. Er verlor das Gleichgewicht, drehte die Arme wie Windmühlenflügel und landete auf seinem Hinterteil.
»Die Gravitation bewirkt beispielsweise, dass Gegenstände zu Boden fallen«, beendete Little gerade seinen Vortrag über die Schwerkraft.
»In diesem Fall wohl eher *Olme*.« Lilli versuchte gar nicht erst, ihr schadenfrohes Lachen zu unterdrücken. Little schob den Stuhl mit der lachenden Lilli darauf noch einen Meter weiter und hielt direkt vor dem sich aufrappelnden Mitch. Gleichzeitig bremsten auch Very und Bob mit knirschenden Kufen.

Mitch warf sich heldenhaft in die Brust. »Toller Stunt, was?«
»Das muss genäht werden«, sagte Little in sachlichem Tonfall.
Mitch tastete erschrocken seine Stirn ab und murmelte ängstlich: »Was muss genäht werden?«
»Deine klaffende Wunde ...« Bob biss sich auf die Lippen und drehte Mitch herum. Und da sah es auch Lilli. Zwischen den Gesäßtaschen seiner Jeans klaffte ein kaum zu übersehender Riss. Mitch fasste sich ans Hinterteil und lief noch röter an, als er schon war. Fast tat er Lilli jetzt leid. Trotzdem konnte sie nicht aufhören zu lachen. Und Bob erst recht nicht.
»Hübsche Boxershorts«, sagte Very und hielt Mitch ihre ärmellose Daunenweste hin. Sie war einen Kopf größer als er, und die Weste war lang genug, um Mitch aus der Patsche zu helfen.
Erleichtert, von sich ablenken zu können, deutete Mitch auf den Verkäufer, der eben seinen Wagen auf die Eisbahn schob. »Wer will einen Donut?«
»Wir!« Very und Bob folgten Mitch.
Little fuhr ihnen auf unsicheren Beinen hinterher.
Nur Lilli blieb auf dem Stuhl zurück. Sie hatte keinen Hunger, und jetzt, wo keiner mehr auf sie achtete, probierte sie das mit dem Stuhl aus. Sie stellte sich wie Little hinter die Lehne und setzte sich in Bewegung. Der Stuhl gab ihr Halt und Sicherheit und tatsächlich bekam sie allmählich ein Gefühl fürs Eislaufen.

»Hey, Eisprinzessin.« Lilli riss den Kopf herum. Ole rauschte an ihr vorbei. Erst sah es so aus, als würde der Boss der Grottenolmbande sich nicht weiter um die Anführerin der *Wilden Küken* kümmern, aber Ole setzte seine Füße in flinken Schritten so voreinander, dass er eine enge Kurve beschrieb und jetzt direkt auf Lilli zuglitt.

Sofort ließ sie den blöden Stuhl los und gab sich Mühe, möglichst locker zu wirken. Aber ihre Füße fuhren wie von selbst immer weiter auseinander. Schnell drehte sie die Kufenspitzen nach innen, dann wieder kurz nach außen und wieder nach innen und zeichnete dadurch eine Art Zwiebelmuster aufs Eis. Rückwärts vor Lilli herfahrend, machte Ole es ihr nach. Lilli wurde mutiger und hob die Schlittschuhe abwechselnd kurz an. Dadurch gewann sie deutlich an Fahrt. Immer schneller musste sie ihr Gewicht von einem auf den andern Fuß verlagern, um nicht zu straucheln.

»Mach lieber langsam«, warnte Ole noch, aber da überholte Lilli ihn auch schon. Immer schneller raste sie auf die Kindergartengruppe hinter der rotweißen Flatterleine zu.

Lilli versuchte, eine Kurve zu fahren. Es war, als liefe sie den eigenen Füßen hinterher, während das Eis unter ihr immer rutschiger wurde. Mit schweren Schlägen setzte sie die Kufen immer rascher auf den Boden und merkte gleichzeitig, wie sie immer weiter nach hinten kippte. Sie suchte im Fallen nach Halt und erwischte einen Jackenärmel neben sich, an dem sie sich festklammerte. Für eine Sekunde schien der Sturz gebremst, aber dann riss sie Ole mit sich und knallte auf den Boden. Erst mit dem Po hart aufs Eis, dann mit dem Kopf auf Oles Arm. Lilli wurde schwarz vor Augen. Sie blinzelte ein paarmal, konnte aber keinen klaren Gedanken fassen. Oles dunkelblaue Augen schwebten über ihrem Gesicht. Ihre Finger waren noch immer in seine Fleecejacke gekrallt. Sofort ließ sie los und drehte den Kopf zur Seite. Durch all das Gewirr von Schlittschuhen und Beinen sah sie Mitch und die anderen am Donutwagen anstehen. Anscheinend hatten sie nichts gesehen.

Gleich würde Ole sich über ihre Ungeschicklichkeit lustig machen. Lilli versuchte, sich aufzurappeln, da geschah es. Lilli vergaß zu atmen. Als würde sie erneut hinfallen, fuhr ihr der Schreck erst in den Magen und dann in die Gelenke. War das jetzt wirklich passiert? Hatte Ole sie eben wirklich geküsst? Auf den Mund? Mit einer Sekunde Verzögerung stießen ihre Hände gegen seine Brust. Fast wäre Ole hintenübergekippt.

»Scheiße, Lilli ...« Ole rappelte sich hoch und half auch ihr auf die Beine. »Hast du dir wehgetan?«

Noch immer hielt er sie am Arm fest. Lilli riss sich los und wie von selbst schlug ihre Hand in Oles Gesicht.

Er drückte den Rücken durch, lief energisch auf den Kufen los und verschwand in der Menge der Eisläufer.

Wütend zerrte Lilli an ihren Schnürsenkeln, zog sich die Schlittschuhe von den Füßen und lief auf Strümpfen über das Eis.

Sie musste hier raus und allein sein.

Wortlos knallte Lilli Gelatino die Schlittschuhe hin, schlüpfte in ihre Stiefel und rannte an den Garderoben vorbei durch das Foyer der Eishalle. Sie stieß die Glastür auf und kollidierte mit einem bunten Regenschirm.

Mist, Papas Schirm, schoss es Lilli durch den Kopf, den hatte sie vollkommen vergessen.

»Hallo, Lilli.«

Erst jetzt erkannte Lilli die Neue aus ihrer Klasse. Anders als in der Schule hatte sie ihre schwarzen Haare zu zwei Zöpfen geflochten.

Das Mädchen zeigte auf die Hühnerfeder, die Lilli an einem Lederband um den Hals trug, und reckte ihren Schirm Richtung Himmel. »*Wilde Küken* sind wohl wasserfest, was?«

Lilli schob ihren Federanhänger unter ihren Anorakkragen.

»Wenn du willst, begleite ich dich, mein Schirm ist groß genug für uns beide.« Die dunklen Augen des Mädchens schimmerten, als wäre eine Winzigkeit Gold hineingemischt.

»Oder ich leih ihn dir einfach. Hier, Oberküken!«

»Nicht nötig.« Lilli trat unter dem Vordach der Eishalle heraus auf den Gehsteig und stand im Regen.

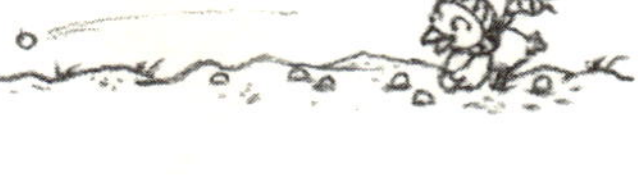

»Ist irgendwas mit dir?«, fragte das Mädchen. »Du siehst irgendwie ... fertig aus.«
Kann ja nicht jede aussehen wie eine indianische Schönheit, dachte Lilli. Aber, was sie sagte, war: »Ich muss los. Wir sehen uns ja dann in der Schule ...« Lilli zögerte, da ihr der Name des Mädchens plötzlich nicht mehr einfiel.
»Enya. Ich heiße Enya.« Enya lächelte. »Ich hab hier noch nicht viele Freunde.«
Lilli zog sich die Kapuze ihres Anoraks über den Kopf und überquerte die Straße.

Lilli sparte sich den Weg bis nach vorne zur Haustür und flankte gleich über das Schiebetor mit dem Schild *Schreinerei Holler*. Zwischen Werkstatt und Holzlager parkte Luisas roter Kleinwagen hinter dem großen Auto und dem Anhänger von Lillis Vater.
In der Werkstatt brannte kein Licht. Vergeblich drückte Lilli die Klinke der hinteren Haustür. Sie war abgeschlossen. Also probierte Lilli es an der Terrassentür, aber der Griff innen zeigte nach unten.
Einen ratlosen Augenblick lang blieb Lilli auf der Terrasse stehen. An dem Haltebügel, mit dem das Thermometer am Fensterrahmen festgeschraubt war, hing ein Regentropfen. Sollte sie sich den Hausschlüssel aus dem Versteck hinter der Regenrinne der Werkstatt holen oder doch lieber klingeln? Lilli fühlte sich plötzlich so erschöpft und leer – wenn jetzt einfach die Zeit stehen geblieben wäre, hätte sie es

wahrscheinlich gar nicht bemerkt. Aber die Zeit blieb nicht stehen.

Aus dem Haus hörte sie erst Sneaker bellen und kurz darauf öffnete Lillis Vater ihr auch schon die Terrassentür. Er hatte einen Pinsel und einen Lappen in der Hand. »Hallo, Lilli! Willst du Schinkennudeln essen oder Pfannkuchensuppe?«

»Ich hab keinen Hunger.« Lilli wollte nur rauf in ihr Zimmer, sich die Decke über den Kopf ziehen und hoffen, dass das alles nur ein blöder Traum gewesen war.

Mit den Stiefeln in der Hand folgte sie ihrem Vater durchs Wohnzimmer in den Flur. Jede zweite Stufe der Treppe glänzte hellgelb.

»Vorsicht, frisch gestrichen!«, sagte ihr Vater. »Allerdings nur jede zweite, damit man sie noch benutzen kann.« Er pinselte weiter an der untersten Stufe.

»Die anderen machen wir morgen«, rief Luisa von oben herunter. Sie hielt ebenfalls einen Pinsel in der Hand und trug eines der karierten Arbeitshemden von Lillis Vater. »Keine Angst, heute Abend hast du dein Refugium wieder.«

Lilli verstand nicht sofort, was Luisa meinte, aber dann sah sie die ausgehängte Tür ihres Zimmers, die quer über zwei Arbeitsböcken lag.

»Wenn Luisa weiter so fleißig hilft, schaffen wir alle Türen bis Weihnachten.« Lillis Vater tauchte den Pinsel in die Farbe. »Bio-Acryl. Riecht fast gar nicht!«

»Geht's dir nicht gut?« Luisa trat auf die oberste nicht lackierte Stufe und musterte Lilli.

Lilli machte eine wegwerfende Handbewegung. »Ich brauch nur was zu trinken.«
Luisa predigte immer, möglichst drei Liter Flüssigkeit pro Tag zu trinken. Lilli trank lieber, wenn sie Durst hatte und nicht, wenn die Freundin ihres Vaters ausrechnete, dass sie noch einen halben Liter zu wenig intus hatte. Aber jetzt war Lilli dankbar, sich in die Küche verdrücken zu können.
Sneaker stupste ihr seine nasse Schnauze ins Gesicht. Normalerweise machte Lilli das nichts aus, aber jetzt schob sie den Hund genervt von sich weg, ließ an der Spüle ein Glas voll Wasser laufen und trank es in einem Zug leer.
Dann zog Lilli eilig ihre Schnürstiefel wieder an und nahm den Regenmantel vom Garderobenhaken. »Ich fahr zum Weiher, die Hühner füttern.« Sie war schon fast zur Tür hinaus, da hörte sie Luisa rufen: »Nimm Sneaker mit, der war heute noch gar nicht an der Luft!«
Lilli klickte die Leine in Sneakers Halsband und war endlich draußen. Sie drückte auf den Knopf fürs Schiebetor. Quietschend schob es sich auf und Lilli radelte raus auf die Straße. Sneaker lief freudig neben ihr her. Der Freilauf ihres Fahrrads surrte friedlich und es hatte aufgehört zu regnen. Lilli bemühte sich, an etwas anderes zu denken, aber immer wieder kehrten ihre Gedanken zurück zur Eisbahn.

Bereits an dem Schild mit der Aufschrift *Privatgrundstück* begann Sneaker, aufgeregt zu bellen. Und auch Lilli erfasste noch immer jedes Mal ein freudiger Schauder, wenn sie sich

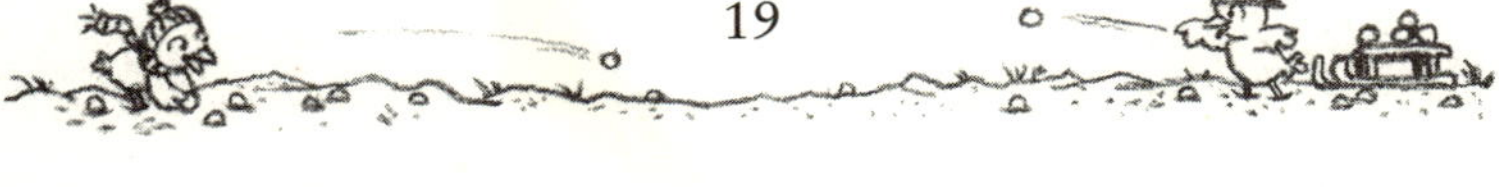

dem schwimmenden Bandenquartier der *Wilden Küken* näherte.

Sie ließ Sneaker von der Leine und schob ihr Rad durchs Gras.

Der Boden war weich und feucht. Ein viel zu warmer Wind trieb graue Wolken über den Keltenwald. Lillis Füße sanken tief in die regengetränkte Wiese, hin und wieder gab es ein schmatzendes Geräusch unter ihren Sohlen.

Die kahle Weide spiegelte sich dunkel auf dem Wasser und die *Mystery* lag fest vertäut am Steg.

Lilli, Very und Bob hatten das Schiff vor ein paar Monaten von ihrem selbst verdienten Geld bei einem Schrotthändler unten am Fluss gekauft. Mithilfe ihrer Eltern hatten sie den maroden Kahn hierher transportiert und gemeinsam wieder auf Vordermann gebracht. Gut, dass Lillis Vater Schreiner war. Noch besser, dass Verys Opa Hinsgen der Besitzer der Weiherwiese war. Und zu allem Glück war Bobs Vater Jens Elektriker, und schon bald würden sie in ihrem schwimmenden Bandenquartier sogar Strom haben. Der blecherne Anschlusskasten stand schon in der Nähe des Stegs auf einem Betonsockel. Lilli bückte sich und strich die welken Weidenblätter von den Abdrücken im Beton. Deutlich waren die Hände von Very, Bob und Lilli zu erkennen, daneben Sneakers Pfote und die beiden Hühnerkrallen. Die Abdrücke sahen aus wie eine Geheimschrift. Die sollten wir fotografieren und in unser Bandenbuch kleben, dachte Lilli, da brummte das Handy in ihrer Jackentasche. *Very ruft an* stand auf dem

Display. Lilli ging ran und wimmelte Very mit der Notlüge ab, ihr wäre in der Eishalle plötzlich schlecht geworden.
Sneaker stellte die Ohren auf und bellte. Es sah aus, als würde er sich mit der Galionsfigur des Schiffes unterhalten. Das hölzerne Huhn am Bug hatte Lilli vor einiger Zeit selbst geschreinert und zusammen mit den anderen beiden *Wilden Küken* bemalt.
Lilli kletterte die Leiter hoch an Bord der *Mystery*. Birdie gackerte in dem kleinen vergitterten Auslauf hinter der zum Stall umfunktionierten Kajüte. Lilli öffnete die blau gestrichene Tür und hielt die Hände auf. Birdie zwängte sich durch die kleine Klappe an der Rückwand und sprang hinein. Bussi hingegen hockte in ihrem Nest und beobachtete ganz ruhig, wie Lilli Birdie in den großen Deckelkorb setzte. Aber als sie an der Reihe war, flatterte sie Lilli mehrmals aus den Händen. Lilli stieß sich den Kopf an der Hühnerstange, griff in Hühnerkacke und Bussi krächzte frech. Aber schließlich erwischte Lilli sie doch und kletterte mit den beiden Junghühnern im Deckelkorb von Bord.
Unten auf der Weiherwiese hob sie die beiden über den Zaun in ihren Hühnergarten. Bussi fing sofort an, im nassen Gras zu scharren, während Birdie sich in ihre Lieblingsmulde kuschelte.
»Du passt auf unsere Hühner auf«, befahl Lilli Sneaker und ließ ihn von der Leine. Dann kehrte sie zurück aufs Schiff und mistete die Kükenkajüte so gründlich aus wie schon lange nicht mehr.

Dumpf gluckste das Wasser des Weihers gegen die Schiffswand. Nach der Anstrengung beim Ausmisten fröstelte Lilli jetzt ein wenig. Hier unten im Bauch der *Mystery* schien es fast kälter zu sein als draußen. Diffuses Licht drang durch die beschlagenen Scheiben der Bullaugen. Die drei Schlafkojen waren hochgeklappt und die Steppdecken lagen zusammengerollt in der Ecke. Lilli, Bob und Very hatten schon lange nicht mehr hier geschlafen, und ihre letzten Bandentreffen hatten meist nicht viel länger gedauert, als sie Zeit brauchten, um die Hühner zu versorgen.

Inmitten des Raums stand der Radiator, den ihnen Verys Eltern spendiert hatten. Mit etwas Fantasie konnte man darin ein seltsames Tier mit weißen Rippen erkennen: Das Kabel ähnelte einem Schwanz, der Griff einer Schnauze und die beiden Schalter des Heizkörpers sahen aus wie Augen.

Lillis Magen knurrte. Erst jetzt registrierte sie, wie hungrig sie inzwischen war. Kurz tauchte vor ihrem inneren Auge der Donutwagen auf der Eisbahn auf. Schnell wischte Lilli den Gedanken weg und rollte das Rippentier auf seinen vier Rollfüßchen von der Geheimplanke.

Als die *Wilden Küken* das erste Mal auf der *Mystery* übernachteten, hatten sie unter dieser losen Planke einen geheimnisvollen Ballettschuh entdeckt. Lilli prüfte, ob die winzige Holzperle noch im Astloch der Planke lag. Das war eine Art Alarmanlage. War die Perle nicht mehr an Ort und Stelle, wussten die *Wilden Küken*, dass ein Unbefugter die Planke entdeckt und ihr Geheimfach geöffnet hatte.

In der Hoffnung auf Schokoladenvorräte oder zumindest ein paar Kekse hob Lilli die Planke hoch. Aber die Keksdose war leer und außer dem Bandenbuch der *Wilden Küken* fand Lilli nur eine Flasche Holunderlimonade.

Wochenlang hatten sie damals versucht, das Geheimnis des Ballettschuhs zu lösen. Wem gehörte der Schuh? Und wie kam er auf das Schiff? Lilli öffnete die Limonade und trank einen Schluck. Sie hatten den Schuh sogar ausgependelt. Verys Mutter Ilona hatte schon immer einen Hang zum Esoterischen, und in einem von Ilonas Büchern hatten die *Wilden Küken* nachgeschlagen, wie das mit dem Auspendeln funktionierte. Aber es hatte nicht funktioniert. Lilli sah es in allen Einzelheiten vor sich: Den Ballettschuh auf der Landkarte liegend, vom Licht des Vollmonds durchs Fenster angeschienen … Sie, Bob und Very hockten auf dem obersten Platz in Verys Haus und drei verschiedenfarbige Kerzen brannten. Alles war, wie es sein sollte. Nur das Pendel tat nichts weiter, als nervös herumzupendeln. Vielleicht lag es am Pendel, vielleicht auch daran, dass Very ständig kichern musste. Und dann passierte es. Very fiel das Pendel aus der Hand, es rollte unterm Treppengeländer hindurch und zerschlug ein Stockwerk tiefer eine der kostbaren chinesischen Vasen.

Bald danach hatten es die *Wilden Küken* aufgegeben, das Rätsel des Ballettschuhs lösen zu wollen.

Über sich hörte Lilli Sneaker winseln und auf und ab laufen. Sie passte die Planke in den Schiffsboden ein und versenkte die Holzperle wieder im Astloch.

Dann schleppte sie, den Bauch voller Holunderlimo, die letzten Reste Heu und Stroh aus ihrem Vorratslager im Bug des Schiffes hinauf an Deck. Lilli klappte die Luke zu und wollte das Vorhängeschloss wieder einhängen, konnte es aber nirgends entdecken – bis es klappernd aus Sneakers Maul fiel. Sneaker nahm es erneut zwischen die Zähne, aber anstatt es zu apportieren, ließ er es über die Reling plumpsen. »Schönen Dank, Sneaker!«, schimpfte Lilli. Aber als er seinen Kopf auf den Boden drückte und die Pfote so unschuldig auf seine Schnauze legte, konnte sie nicht anders, als ihn zwischen den Ohren zu kraulen.
Kaum hatte sie sich im Hühnergarten auf die kleine Holzkiste gesetzt, hopste ihr Birdie auch schon auf den Schoß. Lilli streichelte sanft Birdies Hals und hielt ihren Fuß so lange still, bis Bussi es geschafft hatte, das Schuhband aufzupicken.
Lilli fuhr sich mit der Zunge über die Lippen. Sie fühlten sich kalt und fremd an. Es war unmöglich, nicht an Ole zu denken. Kurz wurde es in Lillis Gedanken wieder spätsommerlich warm. Die Sonne war schon hinterm Keltenwald untergegangen. Es war der Abend nach der Schiffstaufe der *Mystery*. Lilli stand neben Ole, er flüsterte ihr etwas ins Ohr und gab ihr dann die Igelhaarspange zurück, die sie damals so lange gesucht hatte. Wenn er ihr da einen Kuss gegeben hätte … Aber das heute? Die Ohrfeige hatte er sich echt verdient.

Lilli hatte Bussi und Birdie zurück in ihre Nester gesetzt, ihnen frisches Wasser und Futter gegeben, die Stalltür sorgfältig verschlossen und Sneaker wieder an die Leine genommen. Etwas erschöpft wollte sie auf ihr Rad steigen, aber Sneaker zerrte wild kläffend Richtung Keltenwald. Der Hund benahm sich, als wäre jemand in der Nähe, den er unbedingt begrüßen wollte. Unwillkürlich musste Lilli an Ole denken. War der vielleicht auf dem Weg zur Olmgrotte, dem Bandenquartier der *Olme*? Vielleicht ging es ihm genau wie Lilli, und er wollte allein sein, seine Gedanken ordnen. Und mit der Ohrfeige fertig werden, die Lilli ihm verpasst hatte. Lilli überließ Sneaker die Führung und rannte hinter ihm her den Hügel hinauf, dann hinein in den Keltenwald, hinab bis zum Schlangenbach und zuletzt wieder hinauf bis zum Keltenbuckel, einem über und über mit Moos bewachsenen Felsbrocken. Von hier aus konnte Lilli schon den Palisadenzaun sehen, der den Unterschlupf der *Grottenolme* umschloss. Lilli berührte kurz das feuchtkalte Moos des Felsbrockens, da stach ihr ein paar Meter weiter auf der nur mit wenigen Bäumen bestandenen Lichtung ein Schokola-

denpapier ins Auge. Lilli knotete die Hundeleine um einen dünnen Baumstamm.
Im Näherkommen erkannte sie, dass es sich nicht nur um ein weggeworfenes Papier handelte, sondern um einen noch ungeöffneten Schokoriegel. Garantiert hatte Mitch den hier verloren. Lilli wollte sich schon danach bücken, hielt aber mitten in der Bewegung inne. Rundherum war der Waldboden entweder rotbraun von den dürren Tannennadeln oder fast schwarz von vermoderndem Laub. Dazwischen gab es allenfalls das verblichene Grün verblühter Gräser und Ranken. Nur der verführerische Schokoriegel lag auf einer grünen Insel aus Zweigen und Moospolstern. Lilli griff nach einem langen Ast und näherte sich tastend. Vorsichtig stocherte sie mit dem Ast und tatsächlich – unter dem flachen Gestrüpp aus Moos und Tannenzweigen gähnte eine tiefe Grube.
Neben der Erleichterung, den *Grottenolmen* nicht in die Falle gegangen zu sein, verspürte Lilli insgeheim auch eine Portion Anerkennung für diese fast perfekte Fallgrube der Jungs. Sie bohrte den Ast in den weichen Waldboden, sodass er aussah wie ein vertrocknetes Bäumchen.
Lilli blickte sich um. Vielleicht hatte Ole den Schokoköder gerade erst auf die Falle gelegt. Sie kniete sich neben Sneaker und legte ihm die Hand auf die Schnauze. Der Hund verstand, dass er leise sein sollte. Im Schleichgang näherten sich die beiden auf einem Umweg dem Bandenquartier der *Olme*. Vorsichtig zog Lilli die Tarndecke vor dem Schlupfloch im Palisadenzaun beiseite, aber das Lager der Jungs

war verlassen. Weder in der Hütte noch in der dahinterliegenden Höhle im Fels war eine Menschenseele zu sehen. Die Hütte war in einem erbärmlichen Zustand. Das Dach war eingestürzt und im Innern hatte sich eine große Wasserlache gebildet. Sneaker biss hingebungsvoll auf einem alten Gummistiefel herum, den er neben dem zusammengeklappten Feldbett der *Olme* gefunden hatte. Lillis Blick wanderte im Kreis. Angesichts dieses armseligen, feuchtkalten Bandenquartiers konnten einem die *Grottenolme* richtig leidtun. Alles triefte vor Nässe. Der Boden war schlammig, überall lag glitschiges Laub und es roch nach Moder.

Lilli rang ihre Enttäuschung nieder. Erst jetzt spürte sie, wie sehr sie sich gewünscht hatte, Ole hier anzutreffen.

Lilli war nicht durch die Nepomukstraße gefahren, sondern den Fluss entlanggeradelt und schob jetzt ihr Rad den kleinen Pfad zum Eichenweg hoch. Sneaker zerrte immer wilder an der Leine, als könnte er die letzten Meter bis nach Hause nicht mehr erwarten. Lilli war erhitzt von dem steilen Aufstieg und ihre Kleider klebten ihr auf dem Rücken. Als sie aus der Böschung auf den Eichenweg trat, fuhr ihr der viel zu warme Wind durch die verschwitzten Locken.

Nicht weit entfernt heulte in regelmäßigen Abständen ein Motor auf. Sneaker begann, wild zu bellen, und legte noch einen Zahn zu, sodass er sie fast vom Rad gerissen hätte. Der Lenker rammte sich in Lillis Bauch, ein Pedal traf schmerzhaft ihre Kniekehle. Sie ließ die Hundeleine los.

»Sneaker, bei Fuß!«
Auf dem Fußweg stand Herr Röhrich. An einem Schultergurt trug er einen laut vor sich hin tuckernden Laubsauger, dessen Fangsack sich leicht blähte.
Sneaker stellte sich vor ihn und fletschte die Zähne.
»Ganz ruhig, Sneaker, ganz ruhig!«, rief Lilli und ließ ihr Rad fallen.
»Nimm sofort den verdammten Köter an die Leine«, schrie Herr Röhrich und hielt ängstlich sein Toupet fest.
Mit einer Hand kraulte Lilli Sneaker beruhigend zwischen den Ohren, um die andere wickelte sie sich die Hundeleine.
»Entschuldigung«, murmelte Lilli.
»Mach endlich das Ding aus, Hans-Dieter«, versuchte Frau Röhrich den dröhnenden Laubsauger zu übertönen.
Endlich schaffte er es, den Laubsauger auszuschalten und drohte Lilli mit dem Finger. »Halt mir bloß die Bestie vom Leib!«
Sneaker bellte aufgeregt und Lilli zog ihn näher zu sich. »Er will mich nur beschützen … Pscht, Sneaker … Pscht.«
Sie hob ihr Rad auf. Egal, ob Hühner, Hunde oder Nacktschnecken, Herr Röhrich hasste alle Tiere. Zum Glück hieb er nur die Schnecken mit seinem Spaten in der Mitte entzwei. Wahrscheinlich hasst er auch Kinder, dachte Lilli und lächelte, so freundlich sie konnte. Auf dem Teil des Fußwegs vor Röhrichs Garten war kein einziges Blatt mehr zu sehen. Nur der Gehweg vor dem Haus der Hollers war mit einer dicken Schicht aus Tannennadeln und Birkenkätz-

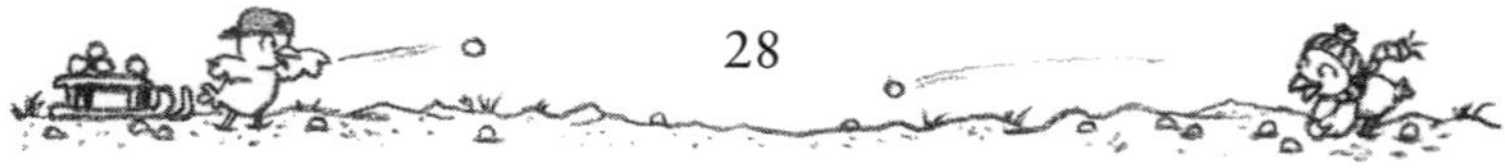

chen bedeckt. Auf der Höhe ihres Komposthaufens blieb Lilli stehen. Durch den Maschendrahtzaun leuchtete gelb das Sternentuch, das Lilli um den Stamm der schönsten Tanne geschlungen hatte. Jeden Herbst pflanzten Lilli und ihr Vater ein Tannenbäumchen in dem kleinen Wäldchen am Ende ihres Gartens. Und immer am ersten Dezember bekam diejenige Tanne das Sternentuch umgebunden, die an Heiligabend ihr Weihnachtsbaum werden sollte. Zum ersten Mal hatte Lillis Mutter Nadja das so gemacht und obwohl Nadja ihre Familie kurz darauf für immer verlassen hatte, behielten Lilli und ihr Vater den Brauch mit dem Sternentuch bis heute bei.

»Du musst dich nicht immer gleich so aufregen, Hans-Dieter«, vernahm Lilli in ihrem Rücken die Stimme von Frau Röhrich. Aus dem Augenwinkel sah Lilli, wie Frau Röhrich das verrutschte Toupet auf dem Kopf ihres Mannes zurechtrückte. Und noch bevor sie weitersprach, wusste Lilli, was kommen würde. »Dem Mädchen fehlt eben die weibliche Hand.« Frau Röhrich hob den Besen über den Zaun.

Wie immer, wenn Frau Röhrich ihren Lieblingsspruch mit der weiblichen Hand vom Stapel ließ, wurde Lilli auch jetzt stinksauer.

Herr Röhrich schob den Gurt des Laubsaugers von der Schulter. »Aber der Holler hat doch jetzt diese Lehrerin, als Pädagogin könnte die der Kleinen doch Manieren beibringen und …«

Den Rest konnte Lilli nicht mehr hören, weil Herrn Röhrich

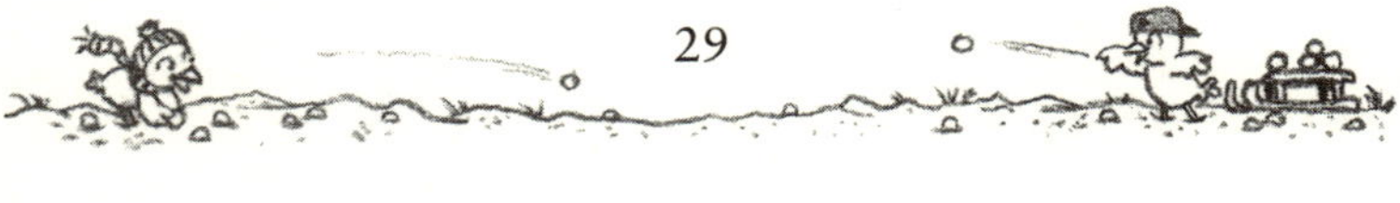

der Laubsauger, den er gerade über den Zaun in seinen Garten hieven wollte, aus der Hand fiel. Er plumpste mit Getöse zu Boden und heulte auf. Herr Röhrich beugte sich über den Zaun, um die Maschine abzuschalten, da geschah es: Sein Toupet glitt ihm vom Kopf und verschwand mit einem *Plopp!* in der Saugdüse.

Fassungslos strich Herr Röhrich sich über den kahlen Kopf. Sein Gesicht war knallrot, seine Glatze kreideweiß. Frau Röhrich schlug sich die Hand vor den Mund und schüttelte sich – vor Lachen, wie Lilli verblüfft feststellte.

Die alte Nachbarin hielt sich prustend die Hand vor den Mund und Herr Röhrich starrte seine Frau verdattert an. Lilli schien sich für ihn in Luft verwandelt zu haben.

»Ingrid«, rief er böse. »Ich frage mich, wer diese Kur nötiger hat. Du oder ich!«

Mit aufeinandergepressten Lippen ging er am Zaun entlang zum Gartentor und verschwand im Haus.

Frau Röhrichs Lachen verstummte. »Ich gehe für drei Wochen auf Kur«, sagte sie heiser in Lillis Richtung. »Und er kann es kaum erwarten, bis er mich los ist.«

Sie griff sich den Kehrbesen und folgte ihrem Mann ins Haus.

Daheim lief Lilli schnurstracks zur Treppe. Sie wollte einfach nur in ihr Zimmer und allein sein. Selbst Sneaker, der ihr folgte, war ihr schon zu viel und sie scheuchte ihn wieder nach unten. Als sie oben ankam, hörte sie Wasserrauschen.

Sie lauschte an der Badezimmertür. Erst vernahm sie die leise Stimme ihres Vaters und dann ein lautes Kichern von Luisa. Immerhin, dachte Lilli, wenn sie mit Papa unter der Dusche rumknutscht, will sie wenigstens nicht mit mir Englisch lernen – obwohl Lilli sich gar nicht so sicher war, was sie ätzender fand.
Lautes Winseln drang von unten herauf. Lilli sah genervt die Treppe hinunter und erstarrte: Überall waren cremeweiße Pfotenabdrücke auf den Fliesen. Sneaker war offensichtlich in die noch nicht ganz trockene Farbe der untersten Stufen getapst.
Leise vor sich hin fluchend, holte Lilli einen Lappen, wischte Sneakers Pfoten ab, so gut es ging, machte eine Dose Hundefutter auf und sperrte ihn in die Küche. Dann nahm sie sich den Boden vor. Und genau in diesem Moment ging oben die Badezimmertür auf. Der Duft von Luisas Parfüm sank herunter. Erst erschien Lillis Vater in seiner Jogginghose und dann Luisa, die in seinen Bademantel gehüllt war und einen Handtuchturban auf dem Kopf trug.

Lilli lag schon im Bett, da vibrierte zweimal kurz hintereinander ihr Handy. Erst war es eine Kurznachricht von Very und dann Bob, die anrief und noch einmal hören wollte, wieso Lilli heute so plötzlich von der Eisbahn verschwunden war. Lilli lachte ins Telefon. »Das mit dem Schlittschuhlaufen, das ist nichts für mich. Ich bin dauernd nur hingefallen, da hatte ich einfach keine Lust mehr.«

»Hm«, machte Bob am anderen Ende der Leitung.
»Du, ich muss Schluss machen, Bob«, flüsterte Lilli ins Telefon. »Luisa führt sich sonst wieder auf. Du kennst ja deine Tante.«
Eine ganze Weile lag Lilli einfach nur reglos in ihrem Burgbett, tief in ihre Kissen und Decken eingekuschelt. Das Bett hatte ihr Vater für sie geschreinert und die Matratze war von einer Burgmauer aus Regalen und Schubfächern umgeben. Lilli löschte das kleine Nachtlicht auf der Regalzinne neben sich. Von draußen fiel ein Lichtstreif schräg in ihr Zimmer. Die frisch gestrichene Tür war zwar wieder eingehängt, durfte aber noch nicht geschlossen werden.
Leise drang romantische Musik aus dem Fernseher zu ihr herauf und Lilli träumte im Halbschlaf die passende Handlung eines Liebesfilms – erst mit ihrem Vater und Luisa in den Hauptrollen und dann mit sich und Ole.

Lilli stellte die Eieruhr auf fünf Minuten und versenkte drei Eier im kochenden Wasser. Ihr Blick blieb an dem Schriftzug auf dem Eierkarton hängen: *Gut Feldberg*. Auf dem Biobauernhof lebten Behinderte zusammen mit ihren Betreuern. Ole und Little wohnten auch auf Gut Feldberg, weil ihre Mutter dort als Sozialtherapeutin arbeitete.
Lilli lief hinüber ins Wohnzimmer. Sneaker lag vor dem Sofa und döste.
»Hey, Hunde machen keinen Winterschlaf!« Lilli tätschelte ihm den Kopf, da fielen ihm die Augen ganz zu und er fing auch noch an zu schnarchen.
Hund müsste man sein, dachte Lilli. Keine Schule, keine Sorgen und kein Ole. Und schlafen, wann und wo es einem gefällt, besonders im Winter. Von Winter konnte allerdings keine Rede sein. Lilli warf einen Blick auf das Thermometer vorm Terrassenfenster: Vier Grad plus, konnte sie zwischen den Regentropfen erkennen.
Gleich würde Lilli ihren Vater wecken und endlich wieder mal allein mit ihm frühstücken. Luisas Auto stand nicht mehr in der Einfahrt, also war sie gestern Abend noch in

ihre Wohnung gefahren. Wenn am nächsten Tag Schule war, machte sie das meistens so. Diesen einen Vorteil hatten Schultage neuerdings.
Lilli ging im Kopf ihren Stundenplan durch. Heute hatte sie weder Englisch noch Chemie, also luisafreien Unterricht.
Die Eier tuckerten im Topf. Lilli lief zurück in die Küche, drehte die Herdplatte niedriger, notierte *Eier* auf einem Block und klebte den Haftzettel zu all den anderen an die Kühlschranktür. Die meisten stammten von ihrem Vater. *Zahnarzt* stand auf einem und *Sommerreifen kaufen* auf einem anderen. Lillis Vater liebte Zettel, auf denen notiert war, was noch gekauft oder erledigt werden musste. In seiner Schreinerwerkstatt hatte Lilli einmal einen gefunden, auf dem das Wort *Liebe* gestanden hatte und darunter *Es gibt immer einen neuen Anfang*.
In Gedanken versunken setzte sich Lilli an den Küchentisch. Sie hielt den Stift noch in der Hand und malte Kringel auf den Block.
»Was malst du denn da Schönes?«
Erschrocken fuhr Lilli herum.
Luisa stand in der Küchentür, streifte sich den Mantel von den Schultern und raschelte mit einer Bäckertüte.
»Ich hab extra ein Schokocroissant für dich gekauft!« Luisa legte den Mantel über einen Stuhl, leerte die Tüte in den Brotkorb und warf einen Blick auf den Block. »O wie Ole?«
Die Eieruhr klingelte. Lilli malte schnell einen Punkt als

Auge in den Kringel und einen Schnabel dran. »Das ist kein O.« Ohne Luisa anzusehen, nahm sie den Topf vom Herd und schreckte die Eier ab.

»Das ist ja lieb, dass du schon Eier für uns gekocht hast.«

Eigentlich war eines für Lilli gedacht und die anderen beiden für ihren Vater, der gerade in die Küche kam und die Arme um Luisa schlang.

»Find ich gut, dass die siebten Klassen auf Skireise sind.«

»Ich hab heute schulfrei«, erklärte Luisa Richtung Lilli und strahlte.

Lilli nahm sich eines der Eier und das Schokocroissant. »Und ich muss heute eher los. Bandentreffen vor der Schule.«

Das mit dem Bandentreffen war geschwindelt, aber Lilli hatte keine Lust auf dumme Fragen und noch weniger auf ein sogenanntes gemütliches Frühstück mit Luisa.

Den Schulrucksack auf dem Rücken, stapfte Lilli Richtung Nepomukbrücke. Ihr Regenmantel stach wie ein gelbes Leuchtsignal aus dem Grau heraus. Immerhin hatte es aufgehört zu regnen. Lilli klopfte das Ei am Brückengeländer auf und schälte es. »Wann schneit es endlich?«, rief sie laut und ließ die Schalen in den Fluss rieseln, der ihr die Antwort schuldig blieb. Das Ei war ziemlich weich und Lilli bekleckerte ihre Regenjacke.

Obwohl sie zu Fuß gegangen war und nicht wie sonst das Fahrrad genommen hatte, blieb Lilli bis zum Unterrichtsbeginn noch scheinbar unendlich viel Zeit. Sie hockte sich

auf das Bretterdach, mit dem der Stadtbrunnen abgedeckt war, schob die Kapuze zurück und zog sich die Pudelmütze tiefer ins Gesicht. Der Gemüsehändler gegenüber hob mit einem Besen die Plane vor seinem Gemüsestand an, damit das Regenwasser abfließen konnte, und Lilli aß das Schokocroissant.
Ihre Gedanken drehten sich schneller als die Zeiger der Turmuhr. Die Schulglocke würde zum Unterrichtsbeginn läuten und alle würden durch die Aula rennen. Nur sie und Ole hätten es nicht eilig. Ole würde am Schuleingang stehen bleiben, auf sie warten und sich umdrehen. Und dann würden sie sich einfach in die Augen sehen und Ole würde sagen: »Das mit dem Kuss gestern. Das war, weil ich in dich verliebt bin.«
»Das mit der Ohrfeige auch«, murmelte Lilli und sah sich in Gedanken durch die Aula laufen.
»Zuckersüß und garantiert ohne Kerne!« Eine fremde Stimme riss sie aus ihren Gedanken. Der Obsthändler drückte ihr eine Mandarine in die Hand und lächelte.

Je weiter sie sich der Schule näherte, desto klarer wurde Lilli, wie sie es machen würde. Sie würde Ole die Mandarine geben und sagen: »Am besten, wir vergessen die ganze Sache.« Nein. »Am besten, wir vergessen den ganzen Scheiß«, würde sie sagen und fertig. Irgendwie so. Oder sie würde einfach so tun, als wäre überhaupt nichts gewesen.
Zwischen Fahrradhalle und Schulhof stand ein ganzer Pulk

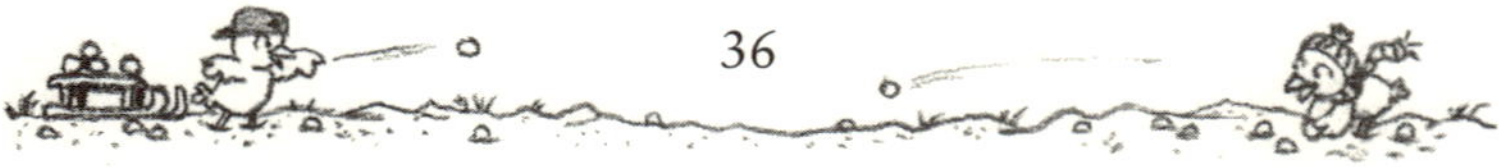

von Schülern. Ole war nicht dabei. Lilli stieg über eine am Boden liegende Schultasche und zwängte sich zwischen Mareike und Denise hindurch, die mit ihren Handys beschäftigt waren. Die zwei Zicken sind mal wieder so aufgebrezelt, als würden sie gerade von irgendeiner Castingshow kommen, dachte Lilli. Selbst fünf Schritte weiter konnte sie noch immer das süße Parfüm der beiden riechen.

»He, Lilli …«

Lilli drehte sich um. Wie Modefotografinnen richteten die beiden Zicken die Handys auf Lilli. »Sag mal Chicken-Cheese.«

»Zickenscheiß«, sagte Lilli und lief weiter.

Der erste Gong ertönte und gemächlich setzten sich alle in Bewegung. Nur Lilli erstarrte. Am anderen Ende vom Schulhof stand Ole. Und bei ihm waren nicht wie üblich Mitch und Little, sondern Enya!

Lillis Gedanken purzelten durcheinander. Sie hatte plötzlich völlig vergessen, was sie ihm sagen wollte. Am besten ging sie ihm einfach aus dem Weg. Aber Ole hatte sie bereits entdeckt und kam jetzt direkt auf sie zu – mit Enya im Schlepptau.

»Hi, Chick!« Ole grinste und Enya kicherte.

Hinter Ole tauchten jetzt Little und Mitch auf. Mitch deutete mit dem Finger auf Lilli und grinste ebenfalls.

Es konnte nur einen einzigen Grund für all das geben. Ole hatte seinen Freunden erzählt, was gestern auf der Eisbahn passiert war. Und jetzt lachten sie über Lilli. Ihre Wangen wurden heiß und in ihren Ohren rauschte es.

Enyas Lippen bewegten sich. Sie streckte die Hand aus, als wollte sie Lilli die Mütze vom Kopf reißen. Da schossen zwei Worte durch Lillis Gehirn: zuckersüß und kernlos. Und gleichzeitig schleuderte ihre Hand die Mandarine.

Die Frucht platzte mitten auf Enyas Stirn. Enya torkelte einen Schritt zurück, und für den Bruchteil einer Sekunde sah es so aus, als würde sie hinfallen, aber Ole kam ihr zu Hilfe. Einen Augenblick lang hielt er Enya fest und gleichzeitig spürte auch Lilli, wie sie links und rechts gepackt wurde.

Bob und Very bugsierten Lilli ins Schulgebäude hinein und gleich rechts die Treppe hinunter ins Mädchenklo.

»Diese Enya ist eine doofe Kuh«, zischte Lilli.

»Das war nicht Enya.« Bob schob Lilli vors Waschbecken.

Lilli starrte ihr Spiegelbild an. Rotbraune Locken ringelten unter der Pudelmütze hervor, aus der gleich neben dem Bommel eine lange Feder ragte.

»Das waren garantiert Mareike und Denise.« Very zog die Feder aus Lillis Mütze.

Mit schwarzem Filzstift war das Wort *Chick* darauf geschrieben.

Bob legte ihre Hand auf Lillis Schulter. »Wieso bist du denn gleich so ausgerastet?«

Lilli riss sich die Mütze vom Kopf, drehte den Wasserhahn auf und spritzte sich kaltes Wasser ins Gesicht.

Very reichte ihr ein Papiertuch.

»Keine Ahnung«, sagte Lilli.

Der letzte Gong ertönte.

Im Spiegel sah Lilli, wie Bob und Very sich skeptische Blicke zuwarfen. Aber als sie sich umwandte, drückte ihr Bob nur einen großen, dunkelgrauen Herrenschirm in die Hand. »Hier, den hast du gestern an der Eisbahn vergessen.«

Den ganzen Unterricht lang vermied Lilli jeden Blickkontakt mit Ole und genauso mit Enya.

Und als Bob und Very überlegten, wie die *Wilden Küken* es Denise und Mareike heimzahlen könnten, meinte Lilli nur: »Einfach ignorieren. Das ärgert diese eingebildeten Zicken am meisten.«

Nach der Schule wurde Very von ihrem Opa mit dem Auto abgeholt. Lilli war fast ein wenig neidisch. Sie fröstelte und wäre jetzt auch gerne nach Hause chauffiert worden.

Bevor sie sich verabschiedeten, verabredeten die *Wilden Küken* noch, dass Very heute Nachmittag nach Bussi und Birdie sehen sollte, morgen Lilli und Bob dann am Sonntag.

Very kletterte zu ihrem Opa in den Geländewagen.

»Wieso fahren wir nicht gemeinsam zur *Mystery*?« Bob schnallte ihre Schultasche und ihren Klarinettenkoffer auf den Gepäckträger ihres Fahrrads. »Heute hab ich Klarinettenstunde – aber was ist mit Samstag?« Bob zog den Reißverschluss ihrer Jacke bis unters Kinn zu. »Wieder mal so ein richtiges Bandentreffen?«

»Bei dem Sauwetter?« Lilli spannte den Schirm ihres Vaters auf. Sie wollte nur noch nach Hause und sich verkriechen.

Bob legte den Kopf schief und schaute Lilli fragend an.
»Erinner deinen Dad an den Stromanschluss für die *Mystery*«, sagte Lilli.
Bob nickte, schwang sich aufs Rad und verschwand im Regen.
Kaum war Lilli ein paar Meter gelaufen, hörte sie schnelle Schritte hinter sich und schon duckte sich Enya unter ihren Schirm.
»Heut hab ich meinen Schirm vergessen.«
Lilli wusste nicht, was sie sagen sollte.
»Ich riech noch immer nach Mandarine.« Enya holte ein wollenes Stirnband aus ihrer Jackentasche und zog es sich über die Ohren.
Lilli blieb stehen. Enya ebenfalls. Der Regen trommelte auf den Schirm. Mit dem Stirnband über den schwarzen Zöpfen sah Enya noch indianischer aus als sonst.
»Ich weiß, warum du das gemacht hast.«
Lilli fühlte sich wie ertappt. »Ach ja?« Sie gab sich Mühe, möglichst spöttisch zu klingen.
»Du dachtest, ich wäre das mit der Feder gewesen, aber ich war es nicht.« Enya ging los und automatisch setzte sich auch Lilli wieder in Bewegung.
»Bis zur Bushaltestelle haben wir den gleichen Weg«, sagte Enya, da klingelte ihr Handy. Sie fischte es aus der Tasche.
»Eine Nachricht von Ricarda«, sagte sie und las vom Display ab: »Das Foto hat mir Kerstin geschickt und die hat es von Denise. Zum Totlachen!«

Neugierig schaute Lilli auf das Display.
»Das bist du.« Enya hielt Lilli das Handy hin und jetzt erkannte Lilli sich wieder. In ihrem gelben Regenmantel, mit ihrer roten Zipfelmütze und der blöden Feder auf dem Kopf.
»Oberküken!«, sagte Enya und lächelte.
Obwohl Lilli wusste, dass Enya es nicht böse meinte, kochte sie. Wortlos rannte sie über die Straße. Ein Auto hupte. Lilli kümmerte sich nicht drum. Wie jemand, der einen wichtigen Termin hat, eilte sie an der Bushaltestelle vorbei, ohne sich auch nur noch ein einziges Mal nach Enya umzublicken.

Zum Glück war die Badezimmertür nicht frisch gestrichen. Lilli drückte sie leise zu und schloss ab.
Das heiße Wasser der Dusche rieselte auf ihr Gesicht und das Shampoo, mit dem sie ihre Locken einschäumte, roch nach Apfel. Lilli legte den Kopf in den Nacken und reckte ihr Gesicht den Wasserstrahlen entgegen. Sie breitete die Arme aus und drehte sich auf einem Fuß um die eigene Achse. Dabei fühlte sie sich, als würde sie schweben. Aus dem glitzernden Schaum auf ihrem Körper wurde ein Artistenkostüm und das Prasseln aus der Brause verwandelte sich in einen Trommelwirbel. Hoch oben unter der Zirkuskuppel hing die Luftakrobatin Lilli Artistowa kopfüber am Trapez. Immer schneller pendelte sie hin und her. Ein Raunen ging durch die Menge. Lilli Artistowa ließ den Holm los. Sie schraubte sich durch die Luft und suchte den Blickkontakt zu ihrem Partner auf der anderen Seite. Zuerst sah sie seine ausgestreckten Hände, dann seine tiefblauen Augen, und wie ein magisches Wort formten ihre Lippen im Flug seinen Namen. Da klopfte es an die Tür. Fast wäre Lilli in der seifigen Duschwanne ausgerutscht.

»Lilli?!« Es klopfte noch einmal.
»Ja, Papa!« Lilli drehte das Wasser ab.
»Wenn du Hunger hast, ich hab Thunfischsalat mitgebracht.«
»Wo ist denn Sneaker?«
»Den hatte ich dabei. Ich musste bei einem Kunden ein Zimmer für eine Eckbank ausmessen. Wenn du mich suchst, ich bin dann in der Werkstatt.«
Kurz darauf stand Lilli mit dem Föhn in der Hand am Badezimmerfenster. Sie schaltete den Föhn ab und wischte mit dem Handtuchzipfel den Beschlag von der Fensterscheibe. Im Nachbarhaus funkelte der kristallene Lüster im Schlafzimmer der Röhrichs. Lilli konnte das Fußende des Bettes sehen und eine offen stehende Schranktür. Frau Röhrich hievte einen Koffer auf das Bett und fing an, Kleidungsstücke aus dem Schrank zu holen.
Lilli beugte sich nach vorn an die Scheibe, sodass sich das Wohnzimmerfenster der Röhrichs in ihr Blickfeld schob. Herr Röhrich goss die Zimmerpflanzen auf der Fensterbank. Ganz leise konnte Lilli Volksmusik aus dem Radio der Röhrichs hören. Es sah aus, als würde Herr Röhrich die Musik dirigieren.
Eigentlich waren Lilli die Röhrichs egal, nur manchmal brachten sie sie auf die Palme. Aber jetzt machten sie Lilli ausnahmsweise traurig.
Seine Frau packt ihren Koffer, dachte Lilli, und er freut sich.

Sneaker hatte sich in der Kiste mit den Holzspänen eingerollt. Lilli tätschelte ihm den Kopf, nahm eine Handvoll Späne aus der Kiste und stopfte sie in den gusseisernen Ofen hinter der Standbohrmaschine. Ihr Vater führte ein dickes Olivenholzbrett über die kreischende Kreissäge.
Lilli zerbrach dünne Leistenreste und Schnittabfälle über ihrem Knie und schichtete sie wie ein Zelt um das Spanknäuel.
»Darf ich?«
Ihr Vater stellte die Kreissäge ab und warf Lilli eine Zündholzschachtel herüber.
Lilli wusste, wie vorsichtig man mit offenem Feuer sein musste. Erst recht in einer Schreinerei mit all dem Sägemehl, den Spänen und Holzvorräten.
Genau wie ihr Vater es ihr gezeigt hatte, kniete sie sich auf das Ofenblech und zündete ein Streichholz an. Kurz schützte sie die kleine Flamme mit der hohlen Hand und steckte das Zündholz zwischen die Späne.
Lilli hockte sich auf die kleine Trittleiter und bewachte das knisternd wachsende Feuer. Ihr Vater schob mit dem Fuß eine halb fertige Truhe neben Lilli und setzte sich zu ihr. Eine Weile sahen sie schweigend in das Feuer und schoben abwechselnd immer wieder mal ein Stück Holz nach.
»Ins Feuer gestarrt – das haben die ersten Menschen schon gemacht.« Lillis Vater streckte die langen Beine seitlich am Ofen vorbei. Das Sägemehl auf seinen Haaren, die er bei der Arbeit immer zu einem Zopf band, sah wie Neuschnee aus.

»Kommt Luisa heute gar nicht?« Lilli gab sich Mühe, die Hoffnung zu verbergen, die hinter dieser Frage steckte.
»Sie ist mit Henriette auf dem Weihnachtsmarkt und kommt erst später.«
Sneaker sprang aus der Kiste und legte sich neben Lilli auf den Boden. Scheinbar starrten auch Hunde gern ins Feuer. Wie von selbst begann Lillis Hand, sein Fell zu streicheln.
»Welche Henriette?«
»Die Sozialtherapeutin, du weißt schon, die von Gut Feldberg. Oles Mutter.« Mit einem leisen Ächzen erhob sich Lillis Vater. »Ich muss wieder an die Arbeit. Wenn du dich auch nützlich machen willst, dann ...« Ohne ihre Reaktion abzuwarten, verließ er die Werkstatt, um gleich darauf mit einem verstaubten Schlitten wiederzukommen. »Den hab ich heute Morgen auf dem Speicher vom Holzlager gefunden.«
»Der ist ja cool. Da können wir ja locker zu dritt fahren!«, rief Lilli begeistert, und damit ihr Vater nicht auf den Gedanken kam, Lilli könnte sie beide und Luisa meinen, fügte sie noch schnell hinzu: »Also, Very, Bob und ich!«
»Die Metallkufen müssten abgeschraubt und entrostet werden.« Lillis Vater spannte das Olivenholzbrett in seine Werkbank. »Und die Sprosse in der Mitte gehört erneuert.«
Erst jetzt entdeckte Lilli, dass eine Latte der Sitzfläche in der Mitte durchgebrochen war.
Lillis Vater griff nach seinem Hobel und machte sich wieder an die Arbeit.
Lilli schraubte die Schlittenkufen ab und polierte sie blitz-

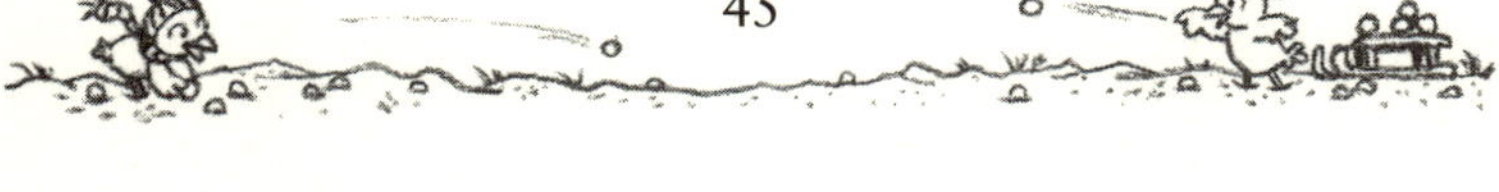

blank, sie sägte eine Hartholzleiste zurecht und schliff alle Holzteile des Schlittens mit feinem Sandpapier.

Ohne ein Wort miteinander zu wechseln, waren Vater und Tochter die nächsten zwei Stunden in ihre Tätigkeiten versunken. Und auch Sneaker lenkte sie nicht ab, er lag schlafend vorm Ofen.

Lilli wischte sich den Schweiß von der Stirn. Ihr Vater presste zwei frisch verleimte Werkstücke mit Schraubzwingen aneinander und schaute Lilli dann über die Schulter.

»Das war früher meiner.« Lillis Vater nahm die durchgebrochene Latte und zeigte auf eine ins Holz eingebrannte Schneeflocke. »Wollen wir so was bei der neuen auch machen?«

Lilli nickte und wenige Minuten später starrten sie wieder ins Ofenfeuer. Besser gesagt in die Glut, auf der ein dicker Draht lag.

Lillis Vater reichte ihr die Zange. »Jetzt ist er heiß genug.«

Mit gestrecktem Arm klemmte Lilli das Drahtende zwischen die Greifbacken der Zange und holte den glühenden Draht aus dem Ofen. Ihr Herz klopfte. Wie ihr Vater es ihr erklärt hatte, presste sie die Drahtspitze ins Holz. Beißender Rauch stieg auf und Sneaker jaulte.

Sie brachten den Draht mehrmals zum Glühen und schließlich prangte auf dem Holzstück eine schwarze Schneeflocke.

Lilli lächelte. »Fehlen nur noch die echten!«

»Du meinst die weißen, kalten, die nicht verbrannt riechen, sondern ...« Lillis Vater kratzte sich grinsend über der Augenbraue. »Wonach riechen Schneeflocken eigentlich?«

Lilli strich mit den Fingern über die Sprosse. »Wieso hat Mama dich eigentlich verlassen?« Sie vermied es, ihren Vater anzusehen. »Ihr habt euch doch geliebt, oder?«

Lillis Vater stand auf, schloss die Werkstatttür und setzte sich wieder. Im Ofen knackte es, und ein großer Brocken Glut zerfiel, sodass es Funken sprühte.

Vielleicht habe ich gar nicht laut gefragt, sondern es nur gedacht, überlegte Lilli. Es passierte ihr öfter, dass sie in Gedanken redete. Manchmal kam aber auch das Gegenteil vor, und sie sagte laut, was sie gerade dachte.

»Natürlich haben wir uns geliebt.« Lillis Vater legte seinen Arm um Lilli. »Sonst gäbe es dich ja nicht, aber …«

»Aber …?«, hakte Lilli leise nach.

»Liebe kann für immer sein oder nur für kurz. Nadja hatte sich ihr Leben anders vorgestellt. Anders als ich. Ich wusste schon ganz früh, dass ich Schreiner sein wollte, und daran hat sich nie etwas geändert, aber Nadja hatte immer neue Träume. Ich wollte, dass wir eine Familie sind. Aber sie …«

Wieder brach er mitten im Satz ab.

»Sie wollte mich nicht haben«, sagte Lilli heiser.

Ihr Vater schwieg.

»Stimmt doch, oder?«

»Als du dann auf der Welt warst, wurde es immer mehr mein Leben und immer weniger das von Nadja.« Er drückte Lilli lang an sich. »Sie wollte kein Baby. Aber sie hat dich immer geliebt, verstehst du?!«

Lilli nickte, obwohl sie es nicht verstand.

Lilli suchte einen Film aus und ihr Vater verteilte den restlichen Thunfischsalat und Käsetoasts auf zwei Teller.
Als sie dann gemeinsam das Sofa näher an den Couchtisch aus Olivenholz rückten, entdeckten sie einen völlig zerbissenen Damenschuh auf dem staubigen Teppich.
»Den sucht Luisa seit Tagen.« Lillis Vater räumte den Schuh in den Flurschrank und Sneaker verdrückte sich schuldbewusst in die Küche.
»Selbst schuld, wenn sie ihre Schuhe nicht wegschließt«, sagte Lilli. »Sie weiß doch, dass Sneaker am liebsten ihre frisst.«
Mit der Fernbedienung in der Hand kuschelte sie sich in die Sofadecke und musste daran denken, wie sie den Hund damals entführt hatten. Die *Wilden Küken* zusammen mit den *Grottenolmen*. Damals hieß Sneaker noch Pascha und bekam von seinem ehemaligen Besitzer ständig Fußtritte verpasst. Es war dem Tierquäler ganz recht geschehen, dass ihm die beiden Banden den Hund geklaut hatten. Sogar Luisa hatte das verstanden und dafür gesorgt, dass Lilli Sneaker behalten durfte.

»Das mit dir und Luisa – ist das Liebe?«, fragte Lilli.

»Ich denke schon.« Ihr Vater schob die DVD, die Lilli ausgesucht hatte, in das Gerät.

»Also weißt du es nicht?«

Er setzte sich auf den Couchtisch und strich nachdenklich über das Holz. »Olivenholz hat eine wilde Maserung. Es wächst sehr langsam.« Er klopfte auf die Tischplatte. »Gutes Holz.«

»Das ist keine Antwort auf meine Frage.« So leicht ließ Lilli sich nicht abspeisen.

Ihr Vater schob die Lippen nach vorne, als wollte er etwas sagen, aber dann holte er nur Luft und seufzte. Über der Nase breiteten sich, wie immer, wenn er angestrengt nachdachte, viele senkrechte Falten aus, und er bekam ganz kleine Augen. »Ich bin jedenfalls ziemlich verliebt in sie.«

»Und woran merkt man, dass man verliebt ist?«

Ihr Vater musterte sie.

Lilli strich sich ihre Locken aus dem Gesicht. »Wenn man jemanden küsst, dann ist man doch verliebt, oder?«

»Als ich in der fünften Klasse war, da hat mich ein Mädchen geküsst.« Lillis Vater schnappte sich die Fernbedienung. »In der Fahrradhalle der Schule. Ich war total aus dem Häuschen. Sie hieß Manuela. Aber gleich darauf kam ihre Freundin Connie und hat mich ebenfalls geküsst und ihre zweite Freundin Sigrid auch. Später stellte sich raus, sie wollten das mit dem Küssen nur ausprobieren und fanden, ich sei der harmloseste Typ der ganzen Klasse.«

»Wow.« Lilli drückte den Einschaltknopf auf der Fernbedienung in seiner Hand. »Gleich drei Mädchen – und das nennst du harmlos?«
Der Fernseher ging an und gleichzeitig hörte man draußen Autotüren schlagen.
Sneaker sauste zur Haustür, gefolgt von Lillis Vater. Lilli schaltete den Fernseher wieder aus und schlurfte in den Flur.
Luisa drückte Lillis Vater erst einen Kuss auf die Lippen und dann eine Tüte mit gebrannten Mandeln in die Hand.
»Und du gehst natürlich auch nicht leer aus«, wandte sie sich an Lilli. Aber da ertönte es von der Haustür her schon im Duett: »Überraschung!«
Zwischen drei Zuckerwattewolken strahlten Lilli die Gesichter von Bob und Very entgegen.

»Ihr seid die beste Überraschung der Welt.« Lilli krabbelte in ihr Bett und kuschelte sich zwischen ihre Freundinnen. Die Zuckerwatten waren längst verdrückt, die Zähne waren geputzt und die Schlafsäcke ausgerollt. Sneaker hatte es sich auf Lillis kleinem Fransenteppich neben dem Burgbett gemütlich gemacht und bewachte sie. Einander ins Wort fallend, erzählten Bob und Very, wie sie ihren Eltern die Erlaubnis aus den Rippen geleiert hatten, bei Lilli übernachten zu dürfen.
»Ilona und Hartmut wollten übers Wochenende zu einem Esoterikworkshop und Opa ist zum Golfen nach Djerba geflogen.« Very nannte ihre Eltern nicht Mama oder Papa, sondern beim Vornamen.

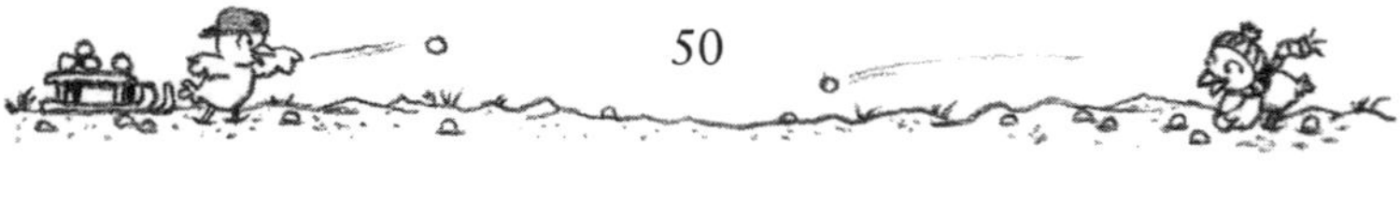

»Siegi hat die Eisdiele unter Wasser gesetzt«, redete Bob dazwischen. »Mama, Papa und Nonna waren schon total aus dem Häuschen, und Giulia hat wieder davon angefangen, dass sie zu ihrem Freund ziehen will, da war's ein Kinderspiel.«

»Eigentlich wollten sie einen Babysitter für mich engagieren«, meldete sich Very wieder zu Wort.

»Ich hab einfach geheult, weil ich der unglücklichste Mensch der Welt bin!« Bob umarmte eines von Lillis vielen Kopfkissen.

Voller Sorge griff Very über Lilli hinweg nach Bobs Hand. »Der unglücklichste Mensch? Aber wieso denn das?«

Very stand wirklich manchmal auf der Leitung.

»Weil wir drei bei dem Sauwetter doch kaum was zusammen unternehmen können, weil Papa sich nicht um den Stromanschluss für die *Mystery* kümmert, obwohl er's versprochen hat, weil Bussi und Birdie noch immer keine Eier legen und weil ich noch immer kein eigenes Zimmer hab.« Bob grinste. »All so was eben. Ich weiß doch, dass Papa es nicht aushält, wenn ich heule. Außerdem reicht ihm Nonnas und Mamas neapolitanische Winterdepression.«

Nonna, so nannte Bob ihre italienische Oma, die gemeinsam mit Bobs Mutter die *Gelateria Cantarella* führte. Und wenn in der Eisdiele Flaute herrschte, sank die Stimmung der Cantarella-Frauen regelmäßig auf den Tiefpunkt.

Lilli stieß Bob mit dem Ellbogen an. »Du musst uns mal beibringen, wie man das hinkriegt, heulen auf Kommando.«

Bob knipste erst das kleine Nachtlicht an, dann schloss sie die Augen. Kurz sah sie aus wie ein hochkonzentrierter Läufer vorm Start. Erst zuckten ihre Schultern noch unmerklich, dann entrang sich ihrer Brust ein sich steigerndes Schluchzen. Sie blubberte kaum verständliche Sachen über die Ungerechtigkeit der Welt und dann lief ihr tatsächlich eine Träne über die Wange.

»Genial«, hauchten Lilli und Very gleichzeitig voller Bewunderung.

Bob verschränkte die Arme und redete normal weiter. »Man muss nur an was Trauriges denken.«

Lilli und Very schlossen jetzt ebenfalls die Augen.

Lilli stellte sich vor, wie ihre Mutter sie als Baby einfach so zurückgelassen hatte. Aber davon wurde sie so traurig, dass sie die Augen gleich wieder aufmachte.

Very neben ihr versuchte so krampfhaft, eine Träne rauszupressen, dass Lilli und Bob gleichzeitig losprusten mussten. Davon angesteckt, verwandelten sich auch Verys vergebliche Bemühungen in schallendes Gelächter und Sneaker japste mit, als müsste er beweisen, dass Hunde nicht nur heulen, sondern auch lachen können.

»Licht aus, Lilli.« Luisa steckte den Kopf zur Tür herein.

Lilli beugte sich über Bob und knipste schnell das Licht aus.

Bis auf den Hund waren alle schlagartig still.

»Sneaker!« Luisa schnalzte mit der Zunge und zeigte Richtung Treppe. Sneaker zwängte sich an ihr vorbei durch den Türspalt. »Jetzt wird geschlafen!«

»Wir schlafen schon so gut wie, Frau Wilhelms.« Very zog den Reißverschluss ihres Schlafsacks zu.

Luisa berührte durch die Bettdecke hindurch Lillis Fuß.

»Good night, ladies!«, sagte Luisa mit ihrer Lehrerinnenstimme und zog die Tür zu.

Ein paar Sekunden herrschte absolute Ruhe, dann rutschte Very näher zu Lilli. »Knutschen die jetzt da unten, dein Dad und die Wilhelms?«

»Hey, du liegst auf Plüschka.« Lilli zog ihr Plüschküken unter Verys Schulter hervor.

»Ich mein ja nur, wenn ich mir das so vorstelle, wie die ...«

Aber weiter kam Very nicht, weil Lilli ihr mit Plüschka den Mund zuhielt. Die drei *Wilden Küken* kicherten noch eine Weile so leise sie konnten, aber ganz allmählich verloren ihre Lachmuskeln den Kampf gegen die Müdigkeit.

Very summte schließlich, immer leiser werdend, vor sich hin, bis Lilli nur noch ihren Atem hörte. Kurz darauf murmelte Bob *»Buona notte!«*, rutschte herum, bis sie in einer gemütlichen Kuhle lag, und weg war sie.

Eingeklemmt zwischen den beiden Schlafsackbündeln, klappten auch Lilli die Augen zu. Und obwohl Verys Haare sie am Hals kitzelten und Bob ihr von der andern Seite ins Ohr schnarchte, schlief Lilli mit dem wunderbaren Gefühl ein, auf dem besten Platz der Welt zu liegen. In der Mitte.

Mit dem angenehmen Gefühl, heute nicht zur Schule gehen zu müssen, schlug Lilli die Augen auf und lauschte in die morgendliche Stille.

Links von ihr lag Very, eingemummelt in ihren Schlafsack, und rechts schlief Bob mit offenem Mund.

Lilli schlüpfte aus dem Bett und schlich sich raus aufs Klo.

Als sie wieder zurück war, stand sie mit kalten Füßen vor den schlafenden Freundinnen. Gestern hatte sie es zwar nicht geschafft, ihnen davon zu erzählen, aber heute würde sie es ganz bestimmt tun.

Very räkelte sich, und als wäre Räkeln ebenso ansteckend wie Gähnen, fing auch Bob damit an.

Lilli räusperte sich. »Vorgestern auf der Eisbahn, da hat Ole … mich …« Es fehlte nur ein Wort. Wieso war es nur so schwer, es zu sagen?

»Wie spät ist es denn?«, brummte Bob in ihr Kissen, während Very das Regalbrett neben sich nach ihrem Waschtäschchen abtastete. »Ich muss mir erst mal die Zähne putzen.« Sie blinzelte Lilli noch etwas schlaftrunken an. »Was hast du vorgestern?«

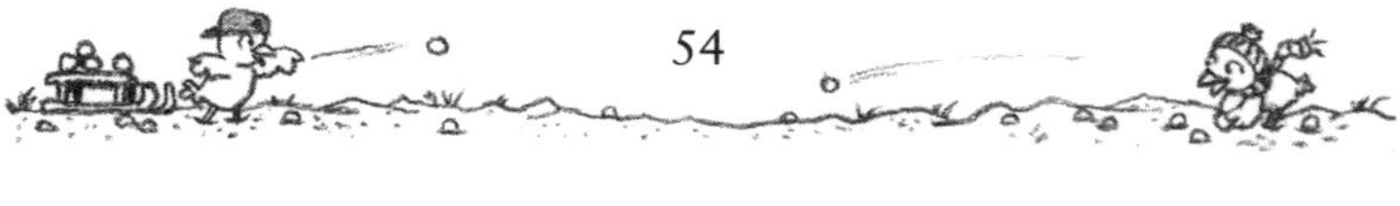

Lillis Blick wanderte zum Fenster, der Vorhang war nur halb geschlossen, aber Lilli konnte von der Bettkante aus die Wipfel der Tannen und ein paar Birkenzweige sehen.
»Schnee!« Lilli sprang zum Fenster und riss den Vorhang ganz auf. »Es hat geschneit!«
»Na, endlich!« Very stützte sich mit dem Ellbogen auf Lillis Schulter.
»Santo cielo!« Bob quetschte sich zwischen sie. »Ach, du lieber Himmel. Und wie viel!«
Auf der Hecke zu den Röhrichs lag ein dicker weißer Wulst. Die Dächer von Garage, Holzlager und Werkstatt waren unter der Schneedecke nicht mehr zu unterscheiden. Nicht einmal Luisas rotes Auto wagte es, das Bild zu stören, und hatte sich unter einer weißen Haube versteckt.
Der Heizkörper unter der Fensterbank wärmte Lillis, Bobs und Verys Beine und die Scheibe beschlug von ihrem Atem. Ein paar Sekunden lang betrachteten sie sprachlos das weiße Wunder. Aber dann gab es kein Halten mehr. Very vergaß sogar das Zähneputzen.
In Windeseile zogen sie sich an und stürmten hinaus in den Garten.
Die Luft war kalt und klar und ein eisiger Wind trieb noch immer ein paar einzelne Flocken vor sich her. Lilli warf eine Handvoll Pulverschnee in die Luft, legte den Kopf nach hinten und ließ sich den Diamantenstaub ins Gesicht rieseln.
Very und Bob jagten Sneaker um das eingeschneite alte Gewächshaus.

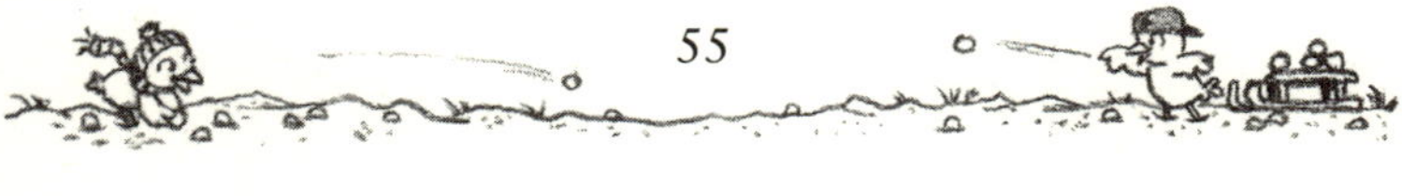

»Kommt, wir machen Schnee-Engel!« Lilli, Bob und Very stellten sich im Kreis auf, ließen sich nach hinten in die weiße Pracht fallen und bewegten, auf dem Rücken liegend, die Arme auf und ab.
Als sie sich vorsichtig aufrichteten, um ihre Abdrücke nicht zu zerstören, mussten alle drei schmunzeln. Sneaker ahmte sie nach, lag ebenfalls auf dem Rücken im Schnee, ruderte unbeholfen mit allen vieren und wedelte mit dem Schwanz.
Die drei Freundinnen stiegen aus ihren Abdrücken. Alle drei Engel hatten Flügel. Der von Bob war der kleinste. Verys Engel war lang und hatte einen schmalen Kopf. Und der Lilli-Engel hatte sogar eine Frisur aus Schneelocken.
Sneaker hüpfte, aufgeregt bellend, um seinen Abdruck herum, der weniger einem Engel glich, als vielmehr einem Kometen mit vielen Zacken und einem etwas verwischten Schweif.
»Alle mal herschauen!« Lillis Vater stand in der offenen Terrassentür und machte ein Foto.

Lilli schnitt mit ihrem Taschenmesser ein Stück Schnur ab, das sie vorne an den Schlitten band. Mit dem Rest des Knäuels zurrten Very und Bob einen Strohballen auf der Sitzfläche fest.
Lillis Vater steckte ihr noch eine Thermosflasche in den Rucksack und alle Handschuhe, Schals und Ersatzmützen, die er in der Schachtel mit den Wintersachen hatte finden können.
»Ich rufe Jens an und wir kommen dann später mit dem Auto nach.« Im Scherz zog er Lilli die Mütze ins Gesicht.

Es hatte aufgehört zu schneien, aber es war kalt, und die blasse Wintersonne wärmte kaum.
Langsam setzte sich der Zug in Bewegung. Lilli und Very zogen gemeinsam den Schlitten und Bob folgte mit Sneaker an der Leine. »*Ciao*, Tante Luisa!«
Lilli wandte sich noch mal um. Luisa stand fröstelnd neben Lillis Vater in der Tür. Sie hatte ihren Mantel über das Nachthemd gezogen und ihre nackten Füße steckten in den viel zu großen Stiefeln von Lillis Vater. Luisa winkte und Lilli winkte zurück.
Die ersten paar Meter lief der Schlitten auf den frisch geschliffenen Kufen leicht über den Schnee. Aber schon bald blieb er auf schwarzem Asphalt stecken. Herr Röhrich verteilte Salzstreu aus einem Eimer. Neben ihm am Zaun lehnte seine Schneeschaufel. »Am liebsten würde ich den Schnee wegbrennen! Sauwetter«, schimpfte er vor sich hin.
Lilli stellte sich vor, wie Herr Röhrich mit einem Flammenwerfer gegen einen Schneesturm ankämpfte, und grüßte den Nachbarn mit einem leichten Grinsen.
Sneaker kläffte und sofort drückte Herr Röhrich schützend die Winterkappe fest auf sein neues Toupet.
Kichernd hoben die *Wilden Küken* den Schlitten an und trugen ihn über das geräumte Stück des Bürgersteigs.
»Anstatt hier rumzualbern, solltet ihr lieber mal Schnee räumen!« Herr Röhrich zeigte mit der Schaufel auf den zugeschneiten Weg, wurde aber dann zum Glück abgelenkt, weil ein Auto am Straßenrand hielt.

»Hallo, Papa! Ich hab mir gedacht, jetzt wo Mama auf Kur ist …« Katrin Röhrich stieg mit einer Einkaufstasche winkend aus dem Wagen. »Hast du schon gefrühstückt?«

Mehr kriegte Lilli nicht mehr mit, denn plötzlich kläffte Sneaker, riss Bob die Leine aus der Hand und rannte bis zur nächsten Ecke. Die *Wilden Küken* setzten ihm nach und stießen auf Enya, die einen Hamburger in der Hand hielt und im Gehen aß. Sneaker strich ihr winselnd um die Beine und bettelte, sodass Enya den Hamburger hoch über ihren Kopf hielt.

»Darf ich ihm was geben?«, fragte Enya.

»Es ist nicht so gut, wenn Fremde ihn füttern!« Lilli hielt Sneaker am Halsband fest und hob die Leine auf.

Enya aß mit zwei Bissen den Hamburger auf.

»Schönes Stirnband«, sagte Very.

»Hab ich selbst gestrickt.« Enya deutete lächelnd auf das Stroh. »Also stimmt es doch, dass ihr echte Hühner habt.«

Bob klopfte auf den Strohballen. »Damit polstern wir ihren Stall aus.«

Enya ging in die Hocke und fing an, Sneaker zu streicheln. Erst links und rechts am Hals und dann zwischen den Ohren. Sneaker knurrte wohlig.

»Er mag mich.« Enya hielt Sneakers Kopf zwischen den Händen und lächelte zu Lilli hoch.

»Sei lieber vorsichtig.« Lilli zog Sneaker näher zu sich. »Der kann manchmal ganz schön bissig sein.«

»Verstehe.« Enya ließ von Sneaker ab. »Cooler Schlitten.«

»Uraltes Modell«, sagte Bob. »Lilli hat ihn selbst restauriert.«
»Praktisch, gerade groß genug für euch drei!« Enya schaute Lilli abwartend an, aber diese reagierte nicht.
»Ich muss dann auch mal weiter.« Enya tätschelte Sneaker zum Abschied und winkte.
Zehn Minuten später waren die *Wilden Küken* an der Landstraße und bogen schon bald auf den Feldweg zur Weiherwiese ab. Hier fuhren keine Autos mehr und sie konnten Sneaker gefahrlos vor den Schlitten spannen. Wie ein Schlittenhund zog er ihn bis runter an den Weiher und stürmte auf den Steg zu. Gerade noch rechtzeitig konnten Lilli, Bob und Very verhindern, dass der Schlitten mitsamt seiner Ladung in den Weiher kippte.

»Mal sehen, ob die Hühner an der frischen Luft sind.« Bob kletterte die Leiter hoch an Bord der *Mystery*. Sneaker schaffte es nicht, die eingeschneite Leiter zu erklimmen, also schleppten Lilli und Very erst Sneaker auf das verschneite Deck und dann den Strohballen. Die *Wilden Küken* konnten Bussi und Birdie in dem kleinen Auslauf, den sie ihnen an der Rückseite der Kajüte gebaut hatten, nicht entdecken. Der Auslauf war nicht überdacht, aber komplett mit einem engen Maschendraht umzäunt, sodass die Hühner darin sicher vor Raubvögeln oder anderen Tieren waren.
Bob und Very holten Bussi und Birdie aus der Kükenkajüte.
»Noch immer keine Eier«, stellte Very enttäuscht fest.

»Kein Wunder bei der Kälte«, sagte Bob.
Mit ihren Hühnern im Arm kletterten Bob und Very unter Deck. Lilli warf den Ballen in die Kükenkajüte und verteilte das Stroh. Lillis Küken Bibi war leider schon gestorben, bevor es überhaupt richtig geschlüpft war. Fröstelnd schloss Lilli die Stalltür.

Zum Glück war der Tee aus der Thermosflasche heiß. Die drei *Wilden Küken* hockten im Bauch des Schiffes, wärmten sich die Hände an ihren Tassen und streichelten abwechselnd Sneaker und die beiden Hühner. Lilli wollte sich einen zweiten Schal aus ihrem Rucksack fischen, erwischte aber ein Paar Strickstulpen, das sie noch nie gesehen hatte. »Was sind das denn für Dinger?«
»Das sind keine Dinger.« Very goss sich den letzten Rest Tee in den Becher. »Das sind Legwarmers. Tänzerinnen haben so was, für ihre Fußgelenke.«
»Auf alle Fälle sehen die warm aus.« Lilli schlüpfte aus den Stiefeln und zog sich die beiden Gelenkwärmer über. »Wie wär's mit einer …«
… *Schlittenfahrt*, wollte Lilli ergänzen, aber neben ihr stellte Sneaker knurrend die Ohren auf. »Habt ihr das auch gehört?« Ohne eine Antwort abzuwarten, wetzte Lilli die Schiffstreppe hoch. Erst dachte sie, sie hätte sich das Geräusch nur eingebildet. Dann aber sah sie, dass der Schlitten nicht mehr auf dem Steg stand.

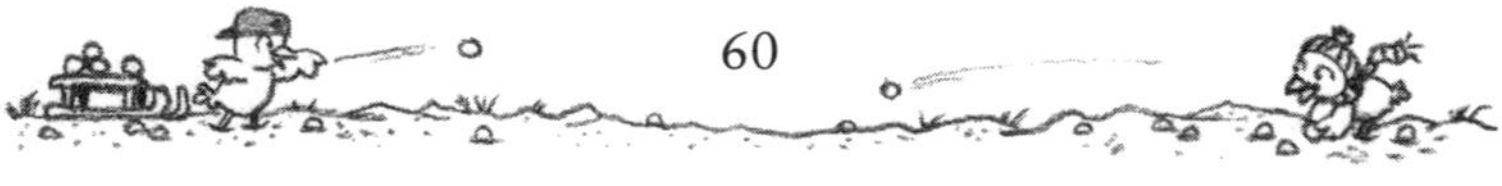

»Hey … Was soll das?« So schnell sie konnte, kletterte Lilli die Leiter hinunter.

»Ruder hart backbord«, plärrte Mitch und flüchtete mit dem gekaperten Schlitten nach rechts.

»Backbord heißt links, du Pfeife«, schrie Lilli, sprang über den Koppelzaun und nahm seine Verfolgung auf.

Oben auf dem Hügel neben den ersten Bäumen des Keltenwaldes zeichnete sich Oles Silhouette dunkel gegen den blassen Himmel ab. »Botschaft der *Grottenolme* an die *Wilden Küken*«, erschallte seine Stimme. »Der Waffenstillstand ist vorbei!« Vom Keltenwald her folgte ein leises Echo.

Noch hatte Mitch die Kuppe längst nicht erreicht, der Schlitten war nicht gerade ein Leichtgewicht.

Es ging bergan, und der Schnee hemmte Lillis Schritte, aber mit eisernem Willen holte sie zu Mitch auf. Mit letzter Kraft machte sie einen Hechtsprung und erwischte einen Schlittenholm. Mitch fiel durch den Ruck in den Schnee. Vergeblich versuchte Lilli, ihm die Schnur aus der Hand zu winden.

»Was riecht hier so nach nassem Hund?« Mitch grinste Lilli an. »Das bist wohl du!«

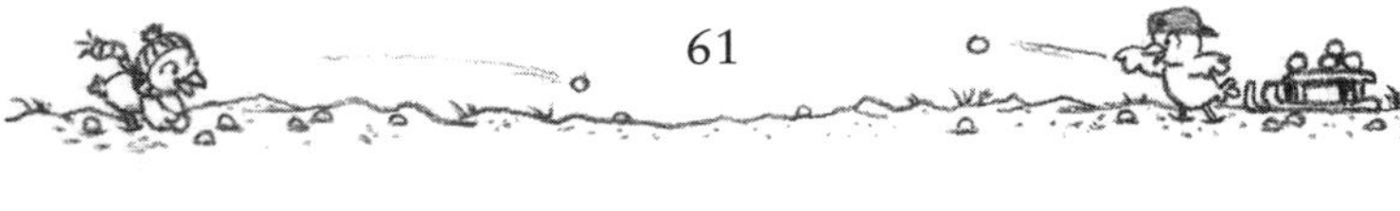

Wütend griff sie sich eine Ladung Schnee und drückte sie Mitch aufs Gesicht. Von weiter unten hörte sie die Stimmen ihrer Freundinnen. »Halt ihn fest, Oberküken, wir sind gleich bei dir!«

Aber Mitch war stärker. Er versetzte dem Oberküken einen kräftigen Stoß, Lilli kullerte ein paar Meter tiefer und landete direkt vor Bobs und Verys Füßen.

Mitch war inzwischen mit dem Schlitten oben auf der Kuppe angekommen, wo ihn Ole mit einem Schulterklopfen in Empfang nahm. Hinter ihnen tauchte jetzt auch Little mit einem blauen Plastikrodel auf.

Wütend rannte Lilli weiter, erstarrte aber mitten im Lauf. Keine fünf Meter vor ihr trat noch jemand aus dem Schatten der Bäume. Enya!

»Was will die denn bei den Jungs?«, wunderte sich Very weiter unten.

Mitch quetschte sich zu Little auf den blauen Rodel. »Aus der Bahn!« Mit Karacho sausten sie an den *Wilden Küken* vorbei. Aber Lilli achtete nicht auf die beiden, sie starrte weiter zu Ole. Es war, als sähe sie jede seiner Bewegungen in Zeitlupe. Geschickt schob Ole Lillis Schlitten in Position. Enya setzte sich vorne drauf. Ihre Haare lagen wie ein schwarzer Fächer über ihren Schultern. Ole hockte sich hinter sie, nahm ihr die Schlittenleine aus der Hand, schlang den Arm um Enya und stieß sich mit dem Fuß ab. Der Schlitten nahm Fahrt auf und jodelnd glitten sie an Lilli vorbei den Hang hinunter. Enyas wehende Haare verdeckten Oles Gesicht.

Bob stampfte in den Schnee. »Bei dem Vorsprung erwischen wir sie nicht mehr!«

Der Abstand zwischen den beiden Schlitten verringerte sich, kurz hintereinander fuhren sie am Koppelzaun entlang und blieben erst knapp vor einer der Markierungsstangen des Feldwegs stehen.

An Bord der *Mystery* rannte Sneaker aufgeregt bellend hin und her.

Tatenlos mussten die *Wilden Küken* zusehen, wie die *Grottenolme* mit Lillis Schlitten im Wald verschwanden.

»Sobald sie weg sind, wandern wir zu ihrer Höhle und holen uns den Schlitten zurück.« Very blinzelte Lilli aufmunternd mit ihren blonden Wimpern zu.

»Santa semplicità!« Bob zog sich die Mütze vom erhitzten Kopf. »Wie naiv bist du denn? Die werden ja nicht so blöd sein und ihn ausgerechnet in ihrem Bandenquartier verstecken.«

Lilli klopfte sich wie in Trance den Schnee von den Klamotten und stapfte zurück zur *Mystery*.

Eine Tür des Autos von Lillis Vater stand offen. Sneaker lag auf der Rückbank und beobachtete Lilli, Bob und Very dabei, wie sie Strohballen in das verblichene Zelt schichteten, das zwischen der alten Weide und dem Hühnergarten stand. Das Gestänge von Lillis altem Zelt war schon seit ewigen Zeiten verschollen, aber es gab trotzdem ein hervorragendes Strohlager ab. Lillis Vater hatte ihnen das Zelt vorbeige-

bracht und dann mit dem Auto sieben große Strohballen von Gut Feldberg geholt.
Jetzt kauerte er neben Bobs Vater vor dem geöffneten Stromkasten, auf dem ein Werkzeugkoffer abgestellt war.
Alle andern hockten auf Klappstühlen um das kleine Lagerfeuer herum. Bobs Mutter Anna hatte Siegi auf dem Schoß und kitzelte ihn mit ihrer kalten Nase an dem winzigen Stück Haut, das zwischen dem Kragen seines Skianzuges und seiner Mütze herausschaute. Dem Feuer am nächsten saß Nonna Paola, die ihre Hände über die Flammen streckte und eine Schüssel mit Pizzateig auf dem Schoß hatte. Giulia und ihr Freund Justin stritten sich lautstark auf dem Steg.
Das war typisch für Bobs Familie. Selten tauchte einer allein auf, immer kam gleich die ganze Familie. Sogar Gelatino saß am Feuer, schnitzte an schlanken, langen Ästen herum und schaute immer wieder Richtung Steg.
Bob zog den Reißverschluss des neuen Strohlagers zu und blickte zum Lagerfeuer. »Das nervt mich echt bei uns«, moserte sie. »Nie hat man seine Privatsphäre. Immer sind alle da, immer *con tutta la famiglia.*«
Lilli hingegen war froh um den ganzen Trubel.
»Gleich sind wir so weit«, rief ihr Vater herüber, und auch Jens sagte etwas, aber das konnte Lilli nicht hören, weil Justin vor sich hin fluchend über das Feuer sprang und zu seinem Auto lief. Giulia rannte ihm hinterher. »Und wie soll ich nach Hause kommen?«
»Fahr doch mit deiner Familie!« Justin schlug die Autotür

zu, startete und fuhr mit im Schnee durchdrehenden Reifen auf dem Feldweg davon.

Gelatino wickelte flink eine Scheibe Schinken und eine Handvoll Pizzateig um einen seiner Stöcke. Lilli musste daran denken, wie geschickt er im Sommer in der *Gelateria Cantarella* mit den Eisbechern jonglierte.

»Hier.« Wie einen kostbaren Degen hielt er Giulia den Stock hin und verbeugte sich dabei wie ein Musketier.

Giulia rief noch ein italienisches Schimpfwort hinter Justins Auto her, nahm dann mit einem erschöpften Lächeln den Stock und hielt die teigumwickelte Spitze übers Feuer.

»Wir wollen auch!«, riefen Lilli, Bob und Very wie aus einem Mund in Gelatinos Richtung. Wenige Minuten später hielten auch sie ihre Stöcke übers Feuer.

Bob seufzte. »Wenn Giulia sich von Justin trennt, bekomm ich nie ein eigenes Zimmer.«

»Wieso das denn?«, fragte Very und blickte sich vergeblich nach einer Serviette um.

»Wenn meine Schwester nicht zu ihrem Freund zieht, krieg ich ihr Zimmer nicht und schlafe weiterhin mit dem da in einem Etagenbett.« Bob warf ihrem kleinen Bruder, der hingebungsvoll in der Nase bohrte, einen giftigen Blick zu.

»Achtung«, rief Lillis Vater. Alle schauten zu den beiden Männern.

»Es werde Licht«, sagte Jens und betätigte den Schalter im Stromkasten. Und tatsächlich. Durch das Bullauge der *Mystery* drang ein schwacher Lichtschein.

Die *Wilden Küken* drückten Gelatino ihre Stockbrote in die Hand und rannten zum Boot. Unter Deck brannte die kleine Lampe und die beiden Schalter des Radiators leuchteten rot. Drei Kükenhände lagen auf dem Heizkörper und warteten gespannt auf die erste Wärme.
»Zum Glück ist Papa Elektriker«, sagte Bob.
»Es funktioniert«, rief Lilli zu ihrem Vater hoch, der oben über der Luke stand.
»Und meinem Opa verdanken wir den Ökostrom!« Very tätschelte den Heizkörper, als hätte sie ein Lämmchen vor sich.

Als sie wieder zu den anderen ans Lagerfeuer kamen, überreichte Jens ihnen den Schlüssel für den Stromkasten. »Denkt immer daran, den Hauptschalter auszuschalten und den Stromkasten abzuschließen.«
Gelatino überreichte ihnen ihre inzwischen durchgebackenen Stockbrote und setzte sich wieder neben Giulia. Das Brot schmeckte köstlich nach Pizza Prosciutto und ein wenig nach Asche.
Als die letzte Glut des Lagerfeuers gelöscht und schon fast alle Sachen in die Autos geräumt waren, sahen die drei *Wilden Küken* noch schnell nach den Hühnern.
Very füllte das Trinkwasser auf. »Das friert über Nacht sicher wieder ein.«
»Die beiden verdursten schon nicht. Zur Not können sie raus in den Auslauf und Schnee picken.« Lilli überprüfte, ob sich die kleine Klappe leicht genug öffnen ließ. Wenn

allzu viel Stroh oder Schnee davor lag, klemmte sie manchmal.

Bob streichelte Bussi übers Gefieder. »Eigentlich bräuchten wir drei Schlüssel. Ich mein, es kann ja immer sein, dass mal eine von uns alleine hierherkommt.«

»Stimmt«, sagte Lilli. »Die *Mystery* ist nicht nur ein Bandenquartier, sondern auch ein Refugium.«

»Refugium, wo hast du denn das Wort her?« Very schaute Lilli von der Seite her an.

»Hört sich ganz nach meiner Tante Luisa an.« Dafür bekam Bob eine Kopfnuss von Lilli.

»Wir verstecken den Schlüssel immer an einer anderen Stelle«, schlug Lilli vor. »Und die Stelle ist dann zugleich das neue Passwort.«

»Häh ...?« Very verschloss die Tür der Kükenkajüte.

Lilli lief zum Bug der *Mystery* und schob den Schlüssel in eine Ritze der Galionsfigur. »Passwort?«

»Hühnerflügel«, sagte Bob.

Und Very sagte gleichzeitig: *»Holzhuhn!«*

»Quatsch! *Galionsfigur*«, korrigierte Lilli.

Alle drei fischten ihre Hühnerfedern, die sie an Lederbändern um den Hals trugen, aus ihren Winterjacken.

»Bandentreffen morgen elf Uhr«, sagte Lilli.

»Passwort *Galionsfigur*«, antworteten Bob und Very wie aus einem Mund.

»Krieg den *Grottenolmen*!« Wie zum Schwur reckte Lilli ihre Feder in die Luft.

»Ich taufe dich auf den Namen Stromboli.« Lilli, Very und Bob hockten im Schiffsbauch der *Mystery* und stießen mit ihren Teetassen gegen den elektrischen Heizkörper.
Bob nahm die Holzperle aus dem Astloch, holte das Bandenbuch unter der losen Planke heraus und schrieb in ihrer schiefen Schönschrift *Stromboli* auf die leere Seite. Darunter klebte sie den Zettel mit der Gebrauchsanweisung.
Und dann hockten die drei *Wilden Küken* um den wärmenden Stromboli und sannen ganz gemütlich auf Rache für den entführten Schlitten.
»Juckpulver!«, schlug Bob vor. »Oder …«
»Niespulver!«, ergänzte Very.
Aber die Anführerin der *Wilden Küken* schüttelte den Kopf. Sie hatten weder Juck- noch Niespulver, und es war Sonntag, was die ganze Sache noch erschwerte. Lilli blickte auf die Uhr. »Also, wenn die *Grottenolme* heute ein Bandentreffen haben, dann jetzt.«
»Bist du neuerdings Hellseherin?« Bob steckte ihre Füße zwischen die Rippen des Heizkörpers, um ihre Strümpfe zu trocknen.

»Deine Tante ist mit Oles und Littles Mutter fürs Kino verabredet.« Lilli zog sich die schwarzen Strickstulpen über.
»Und was tun wir, wenn wir sturmfreie Bude haben?«
Genießerisch schlürfte Very von ihrem Tee. »Wir veranstalten ein Bandentreffen.«
Lilli schlüpfte in ihre Stiefel. »Los kommt, ihr faulen *Küken*, wir gehen mal spionieren.«
Über Nacht hatte es erneut geschneit und auch jetzt segelten noch vereinzelte Flocken vom Himmel.
Bob und Lilli sahen noch kurz nach Bussi und Birdie.
»Wir brauchen auch endlich ein neues Vorhängeschloss«, sagte Very und klappte die Luke der *Mystery* zu.

Die drei *Wilden Küken* balancierten über den Baumstamm, der quer über dem Schlangenbach lag. Lilli, die vorneweg ging, schob vorsichtig den Pulverschnee vom Stamm. Lautlos rieselte er in den Bach. Auf der anderen Seite ging es bergauf. Wo die Bäume eng standen, lag kaum Schnee. Aber der Keltenbuckel war nicht mehr moosgrün, sondern weiß bestäubt, und die ganze Senke bis hin zum Palisadenzaun lag unter einem unberührten Schneeteppich. Nur eine einsame Hasenspur führte quer hindurch. Aus dem Bandenquartier hinterm Palisadenzaun drang kein Ton, stellten die Mädchen fest.
Um keine Fährte zu hinterlassen, umrundeten sie die Senke auf halber Höhe und liefen dann ein Stück weit durchs Dickicht. Zweige schlugen ihnen ins Gesicht. Lilli stieß

sich das Schienbein und fiel der Länge nach über ein Hindernis. Die anderen beiden halfen ihr auf und jubelten zugleich. Es war Lillis Schlitten, über den sie gestolpert war.

»Die sind wirklich dümmer, als ich dachte!« Lilli rieb sich freudestrahlend das Schienbein.

»Pscht!« Bob legte den Finger an die Lippen. Von fern hörte man Stimmen. »Sie kommen.«

Very bückte sich nach der Schlittenleine. »Mission erfüllt.« Hastig zerrte sie den Schlitten aus dem Dickicht und marschierte los.

»*Piano*, Very.« Bob stoppte sie. »Wir wollen doch keine Spuren hinterlassen.«

Lilli starrte auf die Hasenfährte vor ihnen. »Oder vielleicht doch!«

Eilig zogen sie den Schlitten am Palisadenzaun vorbei in Richtung Keltenbuckel. Lillis Augen suchten die Schneefläche nach dem Ast ab, den sie vor drei Tagen in den Boden gerammt hatte.

»Da lang!«, rief sie und zeigte auf die aus dem Schnee ragende Astgabel. Kurz davor hielten sie an. Mit klammen Fingern dröselte Lilli einen der beiden Knoten der Schlittenschnur auf und warf das lose Ende so weit wie möglich an der Astgabel vorbei. Dann umrundeten sie die Stelle und verwischten dort ihre Spuren sorgfältig mit einem Zweig.

Very und Bob hielten Lilli an der linken Hand fest und mit der rechten streckte sie sich nach der Schnur.

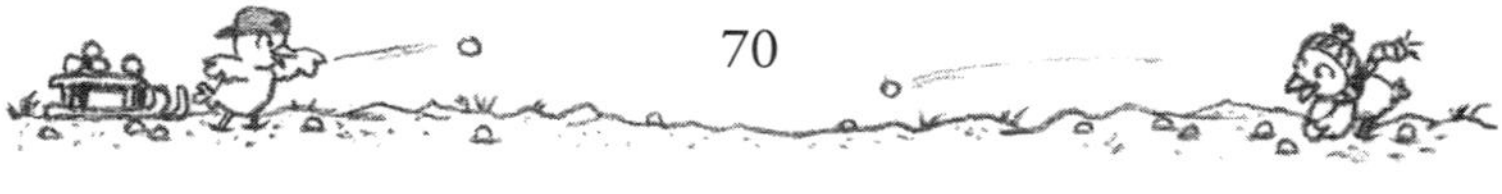

Die Stimmen der *Grottenolme* wurden immer lauter. Deutlich konnte man Mitchs Lachen heraushören.
Vorsichtig zog Lilli den Schlitten über die gefährliche Stelle. Gleichmäßig glitt er über den Schnee. Nach ein paar Schritten blieben sie stehen und blickten sich um. Eine durchgehende Schlittenspur verlief vom Palisadenzaun bis vor ihre Füße.
Hinter dem Dickicht tauchten jetzt Ole, Little und Mitch auf und stapften, ohne die Schlittenspur im Geringsten zu beachten, auf ihr Bandenquartier zu.
Very zwinkerte und stieß Lilli kurz an. Dann warf sie gespielt hysterisch die Arme in die Luft. »Hilfe, sie kommen!«
Die Jungs drehten sich um und rannten sofort los.
Die drei Freundinnen taten, als erfasste sie eine panische Angst. Kreischend torkelten sie den Hang hinauf. Aus dem Augenwinkel registrierte Lilli zufrieden, dass die Jungs ihnen nachsetzten und der Schlittenspur folgten.
»Auf sie mit Gebrüll«, schrie Mitch. Die *Grottenolme* rannten direkt auf die Astgabel zu und kurz darauf ertönte auch schon das Gebrüll. Mitten im Lauf sackten die drei Jungs tief in den Schnee und landeten, wild um sich schlagend, in ihrer eigenen Falle.
Bob und Very versuchten, das Wutgeheul zu übertönen. »Wer anderen eine Grube gräbt, fällt selbst hinein! Oder wie war das?«
Lilli grinste zu den bis zum Hals im Schnee steckenden Jungs hinunter. »Verhungern müsst ihr jedenfalls nicht. Ihr habt ja den Schokoriegel!«

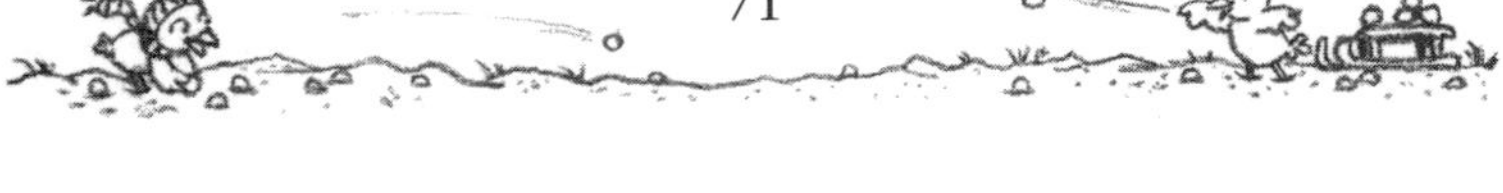

Lachend machten sich die siegreichen Küken aus dem Staub, während die Schneeolme schimpfend aus der Fallgrube krabbelten.

Oben auf der Kuppe des Hügels hockten die *Wilden Küken* auf Lillis Schlitten und kosteten die Sekunden vor der Talfahrt aus. Unter ihnen warf die kahle Weide dünne Schattenlinien auf die weiße Wiese, der dunkle Weiher war spiegelglatt. Die am Steg fest vertäute *Mystery* sah aus, als würde sie schweben. Die Wolken des Vormittags waren verschwunden und der Winterhimmel strahlte mit dem Schnee um die Wette.
Alles war, wie es sein sollte. Die Rache der *Küken* war süß gewesen und die Luft war frisch und klar.
Die *Wilden Küken* schoben den Schlitten ein paarmal vor und zurück, um Schwung zu holen.
»Uno, due, tre«, zählte Bob, und schon ging es steil nach unten. Der Schlitten wurde immer schneller und die *Küken* jauchzten immer lauter. Erst, als sich die Fahrt verlangsamte, verstummte auch das Freudengeheul, und fast andächtig blieben die drei Freundinnen sitzen, bis die Kufen im Schnee stillstanden.
Unermüdlich zogen sie ihr Gefährt immer wieder den Hang hinauf.
Plötzlich tauchten die *Olme* mit ihrem blauen Rodel und einem schwarzen Müllsack auf.
Die *Wilden Küken* setzten schon zur Flucht an, aber Mitch

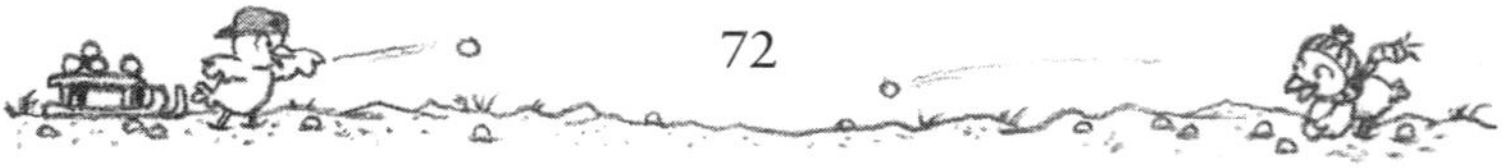

wedelte lachend mit seiner Mütze, und Ole rief »Unentschieden!« herüber.
Noch unsicher, ob sie ihnen trauen konnten, beobachteten Lilli, Bob und Very die Jungs, wie sie den Hügel hochstürmten.
»Auf die Plätze, fertig, los!« Ole hockte sich auf die Plastiktüte und Little nahm hinter Mitch auf dem Rodel Platz.
Die Jungs fuhren mit den Mädchen um die Wette. Meistens waren die *Wilden Küken* schneller, aber schon bald war es ihnen vor lauter Rodelspaß völlig egal, wer ein *Grottenolm* und wer ein *Wildes Küken* war. Mal sausten Very und Mitch auf dem Müllsack den Hügel hinab, mal Bob und Ole auf dem blauen Rodel, und Lilli fuhr mit Little auf dem Schlitten.
Nur Lilli und Ole fuhren kein einziges Mal zusammen.

Die Schlittenkufen schürften über den frisch geräumten Bürgersteig am Zaun der Röhrichs vorbei. Lilli glitt die Leine aus der Hand. Erschöpft bückte sie sich danach und wickelte sie sich wieder um den Handschuh. Im Wohnzimmer der Nachbarn brannte Licht. Draußen war es schon dämmrig, und die Gardinen hinterm Fenster sahen aus, als wären es Bienenwaben voll glühenden Honigs.
Plötzlich ging die grelle Außenbeleuchtung an und Herr Röhrich kam ans Fenster. Wahrscheinlich hatte er das Kratzen der Kufen gehört.
Gleich gibt's Ärger, dachte Lilli.

»Hallo, Lilli«, rief er durch den Fensterspalt.
Lilli grüßte zurück.
»Warst wohl Schlittenfahren, hm?«
Lilli hob den Schlitten an der Latte mit dem Schneeflockenbrandzeichen hoch und trug ihn das letzte Stück. Bevor sie im Fußweg hinter den Büschen verschwand, blickte sie noch kurz zurück. Herr Röhrich stand noch immer am Fenster, und es sah aus, als würde er winken.
Das Tor war offen und Lilli zog den Schlitten fröstelnd am Auto ihres Vaters und dem Anhänger vorbei bis unter das Vordach des Holzlagers. Wie früher nach einem besonders langen Tag im Kindergarten, sehnte sie sich nach ihrem Vater und dem Sofa im Wohnzimmer.
Mit einem flauen Gefühl im Magen und schweren Beinen schleppte sie sich Richtung Haustür, als sie der Lichtkegel eines Autoscheinwerfers einfing. Luisa stellte den Motor ab. Auf dem Dach ihres kleinen Autos war ein riesiger Tannenbaum festgezurrt.
Lilli wartete, bis Luisa ausgestiegen war. »Ist der nicht viel zu groß für dein Wohnzimmer?« Sie wrang ihre nassen Handschuhe aus. Lilli war schon mal in Luisas Wohnung in der Innenstadt gewesen, die zwar gemütlich war, aber ziemlich winzig.
»Der ist für uns. Also für euch!«, sagte Luisa strahlend.
Lillis Vater erschien in der Haustür. »Für uns? Das ist aber eine Überraschung!« Sneaker lehnte den Kopf an seine Beine und wedelte mit dem Schwanz.

»An dem konnte ich nicht vorbeigehen«, plapperte Luisa drauflos. »Fast hätte ihn mir noch Henriette weggekauft für den Gemeinschaftsraum auf Gut Feldberg. Aber ich hatte ihn als Erste gesehen. Eine Nordmanntanne!«
Sie bückte sich noch mal zum Auto und richtete sich mit drei großen Pizzaschachteln in der Hand wieder auf. »Ich hoffe, ihr habt ordentlich Hunger. Ich hab die extra Großen genommen.«

Während des Essens schwieg Lilli trotzig. Sie wiederholte auch nicht die englischen Wörter, die Luisa ihr vorsagte. *Orange juice, salt and pepper, bread and butter.* Es reichte ja wohl, dass sie Lilli in der Schule damit nervte.
»*Can I have some water, please?* Lilli!«
Lilli reichte Luisa das Wasser und ärgerte sich darüber, wie gut ihr die von Luisa mitgebrachte Pizza Regina schmeckte. Immer wieder warf sie ihrem Vater finstere Blicke zu, aber der kapierte gar nichts und lachte nur, selbst, als er beim Nachschenken Luisas Glas umkippte und die Tischdecke versaute.
Nach dem Essen lösten Lillis Vater und Luisa die Nordmanntanne vom Autodach und schleppten den in einem weißen Verpackungsnetz steckenden Baum auf die Terrasse.
Lilli stand am Wohnzimmerfenster und kniff die Augen zusammen. Inzwischen war es so dunkel, dass sie nicht einmal mehr das gelbe Sternentuch am anderen Ende des Gartens erkennen konnte.

Lillis Vater lehnte das Tannenbündel in eine geschützte Mauerecke der Terrasse, während Luisa frierend an die Terrassentür klopfte, damit Lilli sie hineinließ. Das Thermometer vorm Fenster zeigte fünf Grad minus. Luisa klopfte noch einmal. Aber Lilli öffnete ihr nicht. Sollen sie doch außen herum gehen, dachte sie und lief hinauf in ihr Zimmer.

Lilli nahm die Strickstulpen vom Heizkörper, die sie dort zum Trocknen hingelegt hatte, zog sie sich über die Knöchel und hockte sich im Schneidersitz auf ihr Bett. Die schwarze Wolle war warm und weich.

Es klopfte an der Tür und ihr Vater kam herein. Er schob ein paar von Lillis Büchern beiseite und setzte sich auf das niedrigste Stück Burgmauer. Als wäre er gekommen, um nach Plüschka zu sehen, drehte er das Stoffküken nachdenklich in den Händen.

»Hat sie dich geschickt?«, brach Lilli das Schweigen.

Halb zuckte er mit den Schulten, halb schüttelte er den Kopf. »Luisa wusste ja nichts von unserem Baum.« Er legte das Plüschküken neben die Nachttischlampe auf das Regalbrett. »Sie meint es nur gut. Und ich dachte … Du magst sie doch?!«

Lilli schob ihre Hände unter die Stulpen.

»Wo hast du die denn her?« Verwundert berührte ihr Vater die schwarze Wolle.

»Die waren bei den Handschuhen und Mützen, die du mir mitgegeben hast.«

»Ich glaub, die sind von Nadja.« Er starrte ins Licht der Nachttischlampe.
Lilli konnte sehen, wie seine Pupillen klein wurden.
Sie rutschte näher zu ihm und lehnte ihren Kopf an seinen Rücken. »Wie war es, wenn sie getanzt hat?«
»Egal, was wir zusammen gemacht haben ...« Ihr Vater redete sehr langsam, als müsste er jedes einzelne Wort erst finden. »Sie war immer irgendwie ruhelos, als wäre sie auf dem Sprung.«
Mit dem Ohr an seinem Rücken hörte sich seine leise Stimme an, als käme sie ganz tief aus dem Inneren.
»Aber wenn sie getanzt hat, dann war sie so sehr Nadja, dass ... dass für sonst nichts mehr Platz war.«
Er hob Lilli hoch. Wie ein Kleinkind hielt er sie auf dem Arm und presste ihren Kopf an seinen Hals. Dann schlug er die Decke zurück und legte Lilli in ihr Bett.
Er drückte ihr Plüschka in die Hand und stopfte die Decke um sie herum fest.
»Das hätte Nadja nicht tun dürfen, uns so im Stich zu lassen.«
Mit einem traurigen Lächeln strich er sanft über Lillis Stirn und ging hinaus.

Lilli saß am Frühstückstisch, blubberte mit dem Strohhalm in ihrem Blutorangensaft und schaute den Blasen in ihrem Glas beim Platzen zu. In Gedanken fuhr sie sich als Lilli Vampira mit der Zunge über die schneeweißen Fangzähne. Mareike und Denise hatte sie gestern schon ausgesaugt, aber noch immer war ihr Bluthunger nicht gestillt. Lilli blickte kurz zu Luisa, dann saugte sie am Strohhalm und musste rülpsen.

»Prosit«, sagte Luisa. »Ich muss im Lehrerzimmer noch Texte von amerikanischen Weihnachtsliedern kopieren und deshalb eher los.« Luisa gab Lillis Vater einen Kuss und drehte sich dann zu Lilli. »Möchtest du mitfahren?«

Lilli schüttelte den Kopf. »Ich gehe zu Fuß.«

Über Nacht war es deutlich wärmer geworden. Das Thermometer an der Löwenapotheke zeigte genau null Grad. Der Schnee war noch nicht geschmolzen, aber etwas in sich zusammengesackt. Die Büsche zwischen Fahrradhalle und Schulhof neigten ihre Häupter unter dem Gewicht der feuchten Schneehauben, als würden sie sich voreinander verbeugen.

Ein jäher Schmerz explodierte in Lillis Ohr. Benommen schüttelte sie den Schnee ab und fuhr herum. Wer war das? Die Hitze ihrer Wut übertönte das Pfeifen in ihrem Ohr. Hastig scannte sie die bunte Menge von Schülern, die dem Schuleingang zustrebten, und entdeckte auf der Treppe zum Lehrerparkplatz Enya und gleich daneben Ole und Mitch. Mitch bückte sich gerade, um Schnee von dem Mäuerchen aufzusammeln, da schoss ihm ein dicker Schneeball die Mütze vom Kopf.

»Treffer!«

Lilli fuhr herum.

Very machte jubelnd einen ihrer Cheerleadersprünge.

»*Attenzione*, Lilli!« Bob zog Lilli am Arm und um Haaresbreite verfehlte der Schneeball ihren Kopf.

»Olé-olé-olé-olé«, johlte Mitch wie ein Fußballfan, während sich Little nach Mitchs Mütze bückte.

»Na, warte, Ole!« Lilli raffte Schnee zusammen und warf, verfehlte Ole aber.

Little stülpte Mitch die Mütze auf den Kopf und flüchtete dann rasch aus dem Gefechtsfeld. »Laut Paragraf 36 der Schulordnung ist das Schneeballwerfen auf dem gesamten Schulgelände verboten«, hörte Lilli ihn noch sagen, bevor er Richtung Fahrradhalle verschwand.

Abwechselnd formten die *Wilden Küken* Schneebälle und reichten sie einander an, sodass sie Ole und Mitch richtig unter Dauerbeschuss nehmen konnten.

»Seit wann brauchen denn die *Grottenolme* Mädchen-

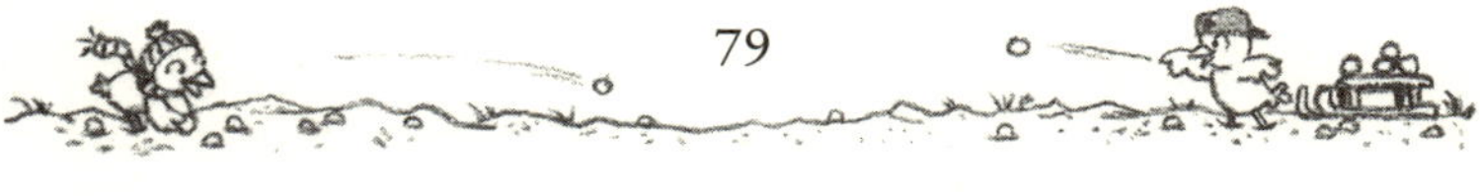

unterstützung?«, rief Bob, und fast gleichzeitig streifte ihr Schneeball Enyas Schulter.

Aber auch die *Wilden Küken* gerieten in so manchen Kugelhagel, denn dank Enyas tatkräftiger Hilfe waren die *Olme* nicht unterzukriegen.

Weil Lilli sich flink genug umdrehte, um nicht von vorn getroffen zu werden, erwischte es sie hauptsächlich an den Schultern und am Rücken.

»Bombardiert die Schweine!« Mitch hatte mehr Sprüche auf Lager als Schneebälle. »Niemand stellt sich zwischen mich und mein Opfer.«

Very bekam einen Ball dermaßen gegen die Stirn, dass Lilli neben ihr richtiggehend die Detonation spürte.

Aber Very grinste nur und feuerte eine ganze Salve von Schneebällen zurück, die Lilli und Bob in Höchstgeschwindigkeit für sie formten.

Mitch sah schon fast aus wie ein Schneemann und suchte Schutz hinter einem Mülleimer. Mit einem Schneeball in der Hand kam er wieder hoch. Drohend wog er die Kugel in der Hand. »Zielsuchende Lenkrakete mit nuklearem Sprengkopf!«

Very drehte ihm nur eine lange Nase.

Mitch feuerte seinen Sprengkopf ab, traf aber nur das vom Hausmeister neu montierte Schild *Bitte Schuhe abstreifen*.

»Kuckuck, du Actionheld«, rief Very und warf.

»Ergebt euch, ihr –« Doch Mitch kam nicht weiter und spuckte Schnee.

Bob hielt sich den Bauch vor Lachen. »Das hast du von deiner großen Klappe, Mitch!«
Enya hatte inzwischen ein ganzes Arsenal beisammen und versorgte Ole mit neuer Munition. Ein Schneeball nach dem andern schwirrte Lilli um die Ohren. Ole warf so geschickt, dass Lilli hinter den Büschen Deckung suchte. Sie rutschte aus und bekam ziemlich viel Schnee in den Kragen.
»Hast du Enyas neues Stirnband gesehen? Das passt total gut zu ihren Haaren.« Very streckte Lilli die Hand hin und zog sie aus dem Gebüsch. »Um die Haare kann man Enya wirklich beneiden.«
Bob schleuderte einen Schneeball. »Du und Lilli, ihr müsst gerade reden. Die eine superblond und die andere mit den tollsten Lo–« Bob kam nicht mehr dazu, das Wort auszusprechen, da knallte ein ziemlich großer Schneeball in ihre Kurzhaarfrisur.
Mitch reckte triumphierend die Faust in die Luft.
Plötzlich erschien Little wieder auf der Bildfläche. Auf dem Kopf trug er seinen über die Mütze geschnallten Fahrradhelm und hielt die Schultasche hoch wie einen Schild. »Die Schulordnung unterscheidet zwei Verstöße. Nur Schneeballwerfen und Schneeballwerfen mit Folgen.«
Aber niemand hörte auf ihn.
Bob pfefferte einen Schneeball auf Enya. Lilli frohlockte innerlich schon über den sicheren Treffer, da fing Ole den Ball mit der Hand direkt vor Enyas Gesicht ab. Dankbar lächelnd berührte sie kurz seinen Ellbogen.

Lilli presste den Schnee in ihren Händen zusammen. Es war ein kleiner, aber harter Ball, den sie Richtung Enya schleuderte. Enya duckte sich, Ole duckte sich – und der Ball traf Little ins Gesicht.
»Little, das wollte ich nicht.« Lilli setzte sich in Bewegung, um nach Little zu sehen, aber da holte Ole auch schon zum Gegenschlag aus.
»Rache!«, schrie Mitch.
Oles Hand beschrieb einen weiten Bogen und schnellte nach vorn.
Lilli sah den Ball direkt auf sich zufliegen und sprang zur Seite. Hinter ihr ertönte ein seltsames Scheppern. Mitchs Kriegsgeheul verstummte. Ole schlug sich erschrocken die Hand vor den Mund.
Sich den Schnee vom Kinn wischend, wies Little Richtung Schule: »Schneeballwerfen mit Folgen.«
Frau Schley marschierte schnurstracks auf die *Grottenolme* zu, während Herr Buse mit einem Volleyball unterm Arm stehen blieb und die zersplitterte Außenleuchte begutachtete. Gleichzeitig ging das Fenster vom Lehrerzimmer auf und Luisa steckte neugierig den Kopf heraus.
»Wer war das?«, dröhnte die Stimme von Frau Schley über den Schulhof.
Luisa schloss das Fenster.
»Die Lampe muss ersetzt werden«, rief Herr Buse hinter Frau Schley her, die sich mit Riesenschritten näherte.
Als wäre er zu Eis erstarrt, stierte Ole auf seine Fußspitzen.

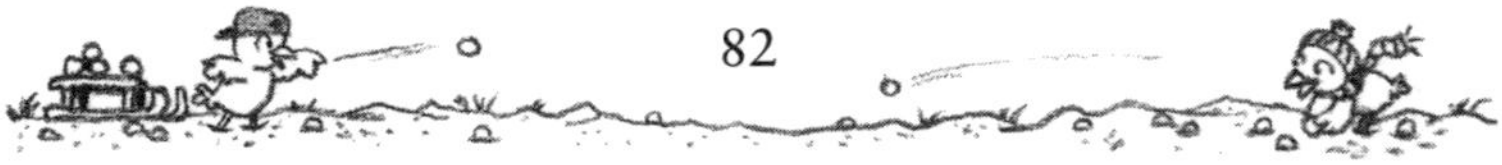

»Wer war das?«, wiederholte Frau Schley.
Über ihre Schulter hinweg sah Lilli, wie Luisa aus dem Schulhaus kam und Herrn Buse Schaufel und Besen in die Hand drückte.
Ole verschränkte trotzig die Arme vor der Brust.
Wilde Küken und *Grottenolme* rückten näher zusammen.
Frau Schley stemmte die Hände in die Seite, ihre Finger trommelten ungeduldig. »Es kann auch jeder von euch eine Mitteilung bekommen.«
Lilli machte einen Schritt nach vorn und hob die Hand. »Ich war's.« Kurz streifte sie Oles Blick. Ihr Herz klopfte bis zum Hals.
»Ah, Fräulein Oberküken! Hätt ich mir doch denken können … Dieses ganze Bandentheater ist mir schon lange ein Dorn im Auge. Dein Vater kriegt eine Rechnung und du einen Verweis«, sagte Frau Schley mit einem hämischen Lächeln und zupfte an ihrer etwas zu engen Hose herum.
»Warte, Mia«, mischte sich jetzt Luisa ein. »Die neue Lampe, das können wir doch über die Versicherung regeln …«
»Also nur ein Verweis?« Frau Schley bedachte Luisa mit einem spöttischen Blick.
»Herr Holler unterschreibt den Wisch und das war's.« Luisa schüttelte nachdenklich den Kopf. »Also, ich finde, wenn die alle vor den Ferien das Klassenzimmer auf Hochglanz putzen müssten, das wäre doch eine viel effektivere Strafe!«
»Einverstanden. Mit Ausnahme von ihm«, Frau Schley

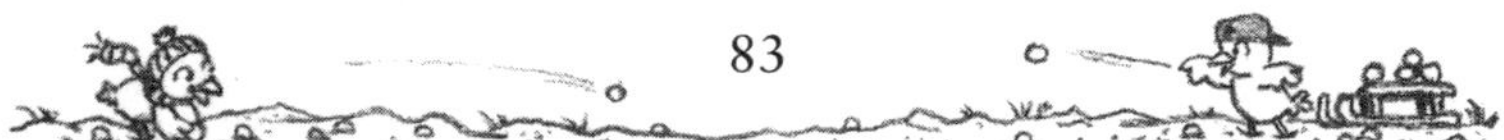

zeigte auf Little, »putzen die *Grottenolme* zusammen mit den *Wilden Küken* ihr Klassenzimmer!«
»Und die Turnhalle«, rief Herr Buse und leerte die Scherben von der Schaufel in den Mülleimer.
Luisa zwinkerte Lilli verschwörerisch zu und verschwand mit den andern beiden Lehrern im Schulhaus. Fast gleichzeitig rief der Gong zum Unterrichtsbeginn.
Obwohl Lilli wusste, dass sie ihnen nur hatte helfen wollen, ärgerte sie sich über Luisa.

Lilli drückte die Tür zur *Gelateria Cantarella* auf. Anders als im Sommer trat man jetzt nicht aus der Hitze der Straße hinein in die angenehme Kühle der Eisdiele, sondern aus der Kälte in einen leicht überheizten Raum. Die meisten der kleinen runden Marmortischchen waren leer. An einem saß die Nonna vor ihrem Espresso, an Lillis Lieblingsplatz am Fenster blätterte ein älterer Herr in seiner Zeitung. Es gab nur noch drei Sorten Eis zur Auswahl, dafür stapelten sich jetzt kleine Schachteln mit italienischem Weihnachtskuchen und tütenweise Mandelgebäck auf der Kühltheke.
»Bobbina ist in ihrem Zimmer.« Die faltige Hand der Nonna zeigte an der Küche der Eisdiele vorbei Richtung Treppe.
Schon als Lilli ihre Schuhe neben den Fußabstreifer vor der Wohnungstür stellte, hörte sie von drinnen Bobs Stimme. »Gib das her, Siegi, *porca miseria*!«
Lilli ging hinein und sah, wie Bob ihren Bruder durchs Zimmer jagte. »Gib das her, Siegi!«

»Ich bin sneller …« Siegi wich Bob aus und hopste mit einem Buch in der Hand über den Berg aus Legosteinen. Bob setzte ihm nach und schrie auf. Sie war mit dem Fuß auf einem Legoteil gelandet.
»Du erwist mich nicht!« Siegi krabbelte übers untere Etagenbett auf die andere Seite des Zimmers und quetschte sich am Schreibtisch vorbei, wo Bob ihn, auf einem Bein hüpfend, am T-Shirt zu packen bekam. »Gib das her, das gehört mir, du fiese Kröte!«
Das T-Shirt dehnte sich, Siegi kreischte und die Schreibtischlampe drohte herunterzufallen. Bob ließ ihn los und fing in letzter Sekunde die Lampe auf.
»Snapp mich doch!« Grinsend stürmte Siegi direkt auf Lilli zu. Die nahm ihm das Buch aus der Hand und schloss die Tür schnell hinter ihm.
»Nonna, Nonna … meine Swester ist gemein«, hörte man Siegi noch kurz im Treppenhaus krakeelen, dann war es still.
»Lilli?«, keuchte Bob. »Ich hab dich gar nicht bemerkt.«
Lilli betrachtete das Buch in ihren Händen.
Diario stand in elegant geschwungenen Buchstaben auf dem Deckel.
»Ich wusste gar nicht, dass du Tagebuch schreibst.«
»Das ist alles, was ich an Privatsphäre hab.« Bob nahm ihr das Tagebuch weg. »Und wenn Giulia nicht zu Justin zieht …« Sie seufzte. »Dann ändert sich daran nie was.«
Die beiden Freundinnen kletterten aufs Hochbett und

machten es sich bequem. »Wenn ich nicht bald ein eigenes Zimmer krieg, dreh ich durch!« Bob fischte einen Plastikrevolver unter ihrem Po hervor und schleuderte ihn auf das untere Bett. »Erst dachte ich ja, ich krieg vielleicht das Gästezimmer, in dem früher Tante Luisa gewohnt hat …«
Bob verstaute das Tagebuch in ihrem Kinderkoffer. »Aber seit Papa wieder arbeitet, braucht er ein eigenes Schlafzimmer, wegen der Nachtschichten.«
»Und das Büro der Eisdiele?«, fragte Lilli und gab sich selbst die Antwort. »Ist viel zu winzig.«
Bob nickte. »Selbst, wenn man den Bürokram in Papas Schlafzimmer unterbringen würde.«
Lilli strich über den kleinen Koffer. »Und was schreibst du da so rein, in dein Tagebuch?«
»Ich mach Zeichnungen, wie ich mein eigenes Zimmer einrichten würde.« Bob lächelte über sich selbst. »Ab und zu lauf ich sogar durchs Möbelhaus. Neulich hab ich ein Bettgestell mit Baldachin gesehen, das ist aus Metall und so verschnörkelt, aber …« Bob brach mitten im Satz ab, weil soeben Very den Kopf zur Tür hereinsteckte. »Giulia hat gesagt, ich soll einfach raufgehen.« Very wedelte kurz mit der Hühnerfeder, die sie um den Hals trug. »Ach ja: Passwort *Zaunpfahl.*«
Bob nahm ihr Lederband mit der Feder dran vom Bettpfosten und knüpfte es sich um den Hals. »Ist sie allein?« Gespannt schob sie sich von der Bettkante. »Ich meine Giulia.«
Ein leichtes Lächeln huschte über Verys Lippen. »Sie sitzt

unten in der Küche der Eisdiele, trinkt eine heiße Schokolade und …« Very machte eine lange Kunstpause. »Und knutscht mit Justin rum.«

Bob landete auf dem kleinen Bettvorleger und strahlte. »Was haltet ihr von einem Ausflug ins Möbelhaus?«

»Aber wir wollten doch raus zur *Mystery*«, sagte Very, und Lilli ergänzte: »Und die Hühner auf Gut Feldberg besuchen.«

»Dann eben ein andermal.« Bob versteckte den kleinen Koffer im hintersten Fach ihrer Schrankhälfte.

Zuerst kauften sie im Hofladen von Gut Feldberg ein, dann besuchten sie Huberta, Emma, Klara, Isolde, Dolli und Koschka. Lilli nahm Huberta auf den Arm und streichelte sanft über den Rücken des Huhns. Argwöhnisch wurde sie dabei von einem Hahn beobachtet, der aber in sicherer Entfernung blieb.

»Ich glaub, Cicero ist eifersüchtig.« Plötzlich stand Frieda mit einer Schubkarre voller Riesenwollknäuel vor dem Zaun. »Wie geht es denn seinen beiden Küken?«

»Haben noch immer keine Eier gelegt«, seufzte Bob.

»Sind ja auch noch grün hinter den Ohren, genau wie ihr.« Frieda gehörte zu den *Wilden Hühnern*. Die *Wilden Hühner*, das waren außer Frieda noch Sprotte, Trude, Melanie und Wilma. Diese fünf waren die coolste Mädchenbande der Welt und das große Vorbild der *Wilden Küken*, auch wenn sie inzwischen schon fast wie Erwachsene waren.

Frieda hob ächzend die Karre wieder an. »Wir haben jetzt hier auch eine Weberei. Mit vier Webstühlen, die könnt ihr gern mal ausprobieren.«
Frieda wollte später mal Sozialarbeiterin werden und arbeitete dafür schon jede freie Minute auf Gut Feldberg, wo sie viel mehr Zeit verbrachte, als für ihr Praktikum vorgesehen war.
Nicht weit vom Hühnerhof hielt ein Auto. Lilli setzte Huberta wieder auf den Boden und blickte neugierig hinüber. Es war der Wagen von Frau Roland, Oles und Littles Mutter. Auf dem Beifahrersitz konnte sie Little erkennen, also war das auf der Rückbank sicher Ole.
»Hallo, Frieda!« Frau Roland stieg aus und gab Frieda ein Zeichen. »Kann ich dich kurz wegen des Benefiz-Events sprechen?«
Während ihre Mutter mit Frieda Richtung Weberei ging, kletterten die Zwillinge mit Kleidertüten in der Hand aus dem Auto.
»Macht ihr *Wilden Küken* auch was auf dem Benefiz-Event?«, fragte Ole.
Aber statt einer Antwort erntete er nur ein dreifaches Gelächter. Noch nie hatten die Brüder so sehr nach Zwillingen ausgesehen. Beide trugen die gleiche mit Gel gestylte Frisur.
»Gab's den Haarschnitt im Doppelpack billiger?«, prustete Very los.
Ole verdrehte die Augen und wurde rot. »Das war die Idee

meiner Mutter. Die nervt grad echt! Dauernd macht sie mir Vorschriften und meckert über meine schlechten Noten. Außerdem Computerverbot bis zu den Ferien! Und zur Olmgrotte will sie uns auch nicht mehr lassen, damit wir uns nicht erkälten.«

Obwohl sie die Frisur gar nicht so schlecht fand, zischte Lilli so laut in Verys Ohr, dass auch Ole es hören musste: »Sieht echt total bescheuert aus.«

Am Weiher angekommen, schafften Bob und Very die Einkäufe aufs Schiff, Lilli fingerte den Schlüssel für den Stromkasten aus seinem Versteck am Zaunpfahl und alle drei versorgten die Hühner. Bevor sie den Bauch der *Mystery* zum ersten Mal mit dem Duft ihrer eigenen Eierkreationen erfüllen würden, mussten sie erst einmal ihre eisigen Zehen zwischen den Rippen des Heizkörpers auftauen. Der gute Stromboli heizte, was er konnte, und die drei *Küken* summten Weihnachtslieder. Very klopfte mit ihren rot lackierten Nägeln den Takt dazu, Lilli malte mit ihren Zehen unsichtbare Noten in die Luft und Bob klatschte wie ein Äffchen mit den Füßen.

»Jetzt brauch ich aber auch noch was Heißes zu trinken!«, rief Very dazwischen.

Also brühten sie sich, noch immer vor sich hin summend, in ihrer Minikombüse eine große Kanne Dschungelfeuertee auf und leerten sie, während ihr geniales Riesenplätzchen in der Pfanne brutzelte.

Bis auf die halbe Sekunde, in der sie darüber nachdachte, was Enya wohl zu Oles neuer Frisur sagen würde, war Lilli so glücklich wie schon lange nicht mehr. Weihnachten schien ganz allmählich in Sichtweite zu geraten und sie, Bob und Very konnten noch so falsch singen. Alles, was sie zu dritt machten, war richtig. Egal, ob es ein Puderzuckeromelette mit Marzipan wurde, ein Zimtpfannkuchen mit Marmelade oder Tuttifrutti mit Schokoladenstückchen. Jedes ihrer Riesenplätzchen schmeckte einfach köstlich.
Ein milder Wind kräuselte die Wasseroberfläche, als sie satt und gut gelaunt den Stromschlüssel am Steg versteckten. Die drei Freundinnen konnten das nächste Bandentreffen kaum erwarten und sogar Lilli, die sich geschworen hatte, nie mehr Schlittschuh zu laufen, hoffte, dass der Weiher bald zufrieren würde.

Lilli war schon fast zu Hause, da erst fiel ihr ein, dass sie eigentlich versprochen hatte, heute Schnee zu räumen, den Bürgersteig vor der Einfahrt und den Fußweg. »Aber nicht wieder vergessen«, hatte ihr Vater ihr noch nachgerufen, und sie hatte den Kopf geschüttelt. Lilli stieß einen Seufzer aus und sah in den Himmel. Außerdem war sie mit Badputzen dran und … Oh, nein! Sie hatte noch etwas ganz vergessen: Luisa wollte heute mit ihr Englisch lernen. *Power Learning,* wie Luisa es nannte. Lilli nannte das Kackmist. Lilli blickte sich um, das hatte sie jetzt laut gesagt, aber zum Glück war niemand in Hörweite.

Sicher hatte Luisa Lillis Vater inzwischen auch schon gesteckt, wie knapp Lilli an einem Verweis vorbeigeschrammt war. Ihre Schritte wurden immer langsamer und immer schneller verflog all die gute Stimmung dieses Nachmittags. Sie hatte noch nicht mal die Hälfte ihrer Strecke auf dem Eichenweg hinter sich, da vernahm sie auch schon das Kratzen einer Schneeschaufel. Oje, wenn ihr Vater jetzt statt ihrer Schnee räumte, dann gab das garantiert Ärger. Lilli beschleunigte ihr Tempo und ihre Gedanken begannen sich

zu überschlagen. Sie würde Papa sofort helfen und die Einfahrt besonders sauber machen, sich für seine Hilfe mit dem Stromanschluss bedanken und ganz ohne Murren Englisch lernen, vielleicht wäre dann alles halb so schlimm und …
Lilli blieb wie festgefroren stehen. Drei Leute standen mit Schneeschaufeln auf dem Fußweg: Lillis Vater, Luisa und Herr Röhrich.
»Lilli!« Ihr Vater reckte seine Schaufel in die Luft und auch die anderen beiden drehten sich zu Lilli um.
Jetzt kommt's dicke, dachte sie und rief: »Ich übernehme gleich für Luisa!«
Aber Luisa schüttelte den Kopf: »Ich mach das gern.« Sie warf eine Schaufel voll Schnee über den Zaun und lachte, obwohl der halbe Schnee von den Zweigen der Bäume wieder zurückschnellte. Und Sneaker, der im Garten herumtollte, kläffte, als hätte auch er schon lange nicht mehr so viel Vergnügen gehabt.
Verwundert und erleichtert zugleich holte Lilli aus der Garage ihre alte Kinderschneeschaufel, die sie schon lange nicht mehr benutzt hatte. Eine Weile schaufelten sie zu viert. Na ja, eigentlich schaufelten immer nur zwei, weil abwechselnd einer von Herrn Röhrich abgelenkt wurde, der, auf seine Schneeschaufel gestützt, neben seinem Zaun stand und redete und redete. So viel hatte Lilli ihren Nachbarn noch nie reden hören. Er erzählte Lilli, wie er als Kind Fahrradfahren gelernt hatte. Dabei saß sein Vater wohl auf dem Gepäckträger und hielt den Lenker fest, während der kleine Herr

Röhrich kaum das Pedal erreichte. »Damals war ich spindeldürr und ich hatte noch Haare.« Herr Röhrich lüftete sein Toupet wie einen Hut und lachte. Sein Atem roch nach Schnaps.
Während Lilli und ihr Vater die Schneeschaufeln wieder in die Garage räumten, holte Luisa eine Einkaufstüte aus ihrem Auto. »Unser *Power Learning* lassen wir heute mal sausen. Ihr mögt doch Waffeln?«

Ein leckerer Duft erfüllte das ganze Haus, und obwohl Lilli auf der *Mystery* schon so viel Süßkram verdrückt hatte, schaffte sie drei ganze Waffeln mit Ahornsirup.
Pappsatt dressierte sie Sneaker, der sich ausnahmsweise richtig Mühe gab und Lillis Sitz- und Männchen-Kommandos folgte. Und, Lilli konnte es kaum glauben, es verschwendete an diesem Tag niemand auch nur den Bruchteil eines Gedankens ans Badputzen.
Stattdessen liefen sie zu dritt barfuß durch den Schnee und hockten dann, die Füße in flauschige Handtücher gewickelt, gemütlich auf dem Sofa und guckten sich Lillis Lieblingsfilm an.
Als Lilli weit nach der üblichen Schlafenszeit in ihrem Burgbett lag, kam ihr Vater noch kurz herein. Umständlich sagte er ihr, wie froh er sei, dass Lilli und Luisa heute so viel Spaß zusammen gehabt hätten, dann drehte er das Licht aus.

Noch etwas schlaftrunken krabbelte Lilli aus dem Bett und tapste zum Fenster. Tropfen perlten von der Scheibe. Aber was Lilli geweckt hatte, war nicht nur der Regen.
Vom Flur herauf drang die Stimme von Luisa. »Wir hatten abgemacht, dass du es ihr sagst, Stefan.«
Lilli bückte sich nach Plüschka, die ihr über Nacht aus dem Bett gefallen war.
»Und zwar nicht morgen und nicht am Wochenende, sondern gestern!« Luisa klang wie neulich im Chemiekurs, als sie sich darüber geärgert hatte, dass die Schüler die Schmelz- und Siedetemperaturen nicht gelernt hatten.
Lilli schlich bis zur obersten Stufe der hellgelben Treppe.
Ihr Vater stand auf der Schwelle der Küchentür und sah unglücklich zu, wie Luisa ihre Schultasche packte. »Wenn du es nicht tust, Stefan, dann sag ich es ihr.«
»Was?«, fragte Lilli.
Ihr Vater und Luisa starrten zu ihr hoch, als wäre sie ein Gespenst.
»Lilli«, fing ihr Vater an. »Also, es ist so ...« Er stockte.
Mit der Schultasche unterm Arm sah Luisa ihn abwartend an.
»Also, es ist so, dass ich ...« Lillis Vater strich sich die langen Haare aus dem Gesicht. »Ich hab Luisa gefragt, ob sie nicht bei uns einziehen will.«
»Und ich habe Ja gesagt!«, rief Luisa wütend und knallte die Haustür hinter sich zu.

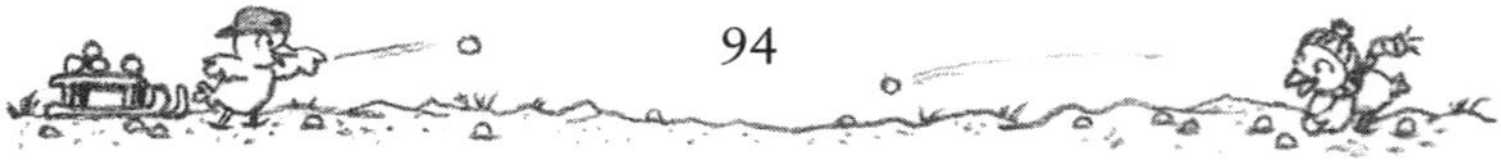

Den ganzen Unterricht über starrte Lilli aus dem Fenster. Es regnete und regnete, und als Frau Schley sie in der Pause zum Rausgehen zwang, drückten sich alle am Eingang herum oder auf dem überdachten Platz zwischen dem alten Rückgebäude und der neu gebauten Mensa.
Very und Bob unterhielten sich aufgedreht mit den *Wilden Hühnern* über das Benefiz-Event, das Frieda für den sogenannten *Tag der offenen Adventskalendertür* auf Gut Feldberg organisierte. Den ganzen Advent über fanden in der Stadt unterschiedliche Aktionen statt. Die Bücherei veranstaltete eine Lesenacht, in der Arbeitsagentur fand ein Bastelkurs statt und vor dem Jugendamt gab's alkoholfreien Punsch.
Lilli hörte nur mit halbem Ohr zu, als die anderen über die geplante Musik und die danach stattfindende Party redeten. Sie bückte sich nach einem honiggelben Kiesel, der dort im regennassen Schotter lag, da stellte sich Melanie neben sie und seufzte.
»Die schließen die Kosmetikabteilung im Kaufhaus. Also muss ich mir einen neuen Job suchen.«
Lilli rieb den Stein am Jackenärmel trocken und schob ihn in die Hosentasche.
Melanie bot Lilli einen Kaugummi an. »Aprikose, zuckerfrei.«
»Danke«, sagte Lilli und nahm den Kaugummi.
»Wir hatten heute einen Englischtest. Du lieber Scholli, hab ich den verbockt.« Melanie seufzte erneut. »Frau Rose meint, wahrscheinlich muss ich dieses Schuljahr wiederholen.«

Der Kaugummi schmeckte süß und fruchtig. »Die Wilhelms und mein Vater … die sind doch zusammen …«
Melanie nickte.
Lilli zerknüllte das Kaugummipapier. »Sie zieht bei uns ein. Bisher war sie nur einfach Papas Freundin, aber jetzt …«
»Jetzt wird deine Englischlehrerin so was wie deine Mutter.« Melanie überlegte kurz. »Ganz schon heavy für dich, oder?«
Eine Weile standen Lilli und Melanie kauend da und schwiegen vor sich hin. Das von der Dachtraufe tropfende Regenwasser schnitt eine immer tiefer werdende Schlucht in einen Schneehaufen.
»Was für ein Sauwetter!«, sagte Melanie, und Lilli nickte.

Nach der Schule warteten Lilli und Very am Schuleingang auf Bob, die mit Frau Homolka noch etwas zu besprechen hatte. Frau Homolka leitete das Schulorchester, in dem Bob Klarinette spielte.
Plötzlich ertönte ein Hupen. Lilli und Very drehten sich um und entdeckten Luisas rotes Auto, dessen Scheinwerfer blinkten. Das Fenster auf der Beifahrerseite fuhr herunter und Bobs Gesicht kam zum Vorschein. »Tante Luisa nimmt mich mit zum Möbelhaus, wollt ihr nicht auch mitkommen?«
Allein der Gedanke, dass Luisa sich irgendwelche Möbel anguckte, die vielleicht schon bald im Wohnzimmer von Lilli und ihrem Vater stehen würden, brachte Lilli auf die Palme.

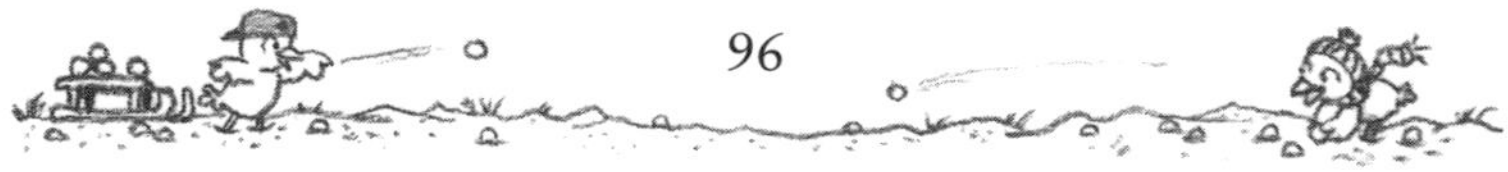

Very schüttelte den Kopf. »Opa holt mich gleich und ich muss doch nachher zum Cheerleadertraining.«
»Wofür Möbel ansehen? Du kriegst doch eh kein eigenes Zimmer«, sagte Lilli zu Bob, obwohl sie doch eigentlich auf Luisa sauer war.
Jetzt ging die Warnblinkanlage an und Luisa stieg aus. »Lilli, jetzt sei doch vernünftig und steig ein. Bei dem Regen! Ich kann dich auch vorher daheim rauslassen.«
Wie aufs Stichwort prasselte der Regen so laut, dass Lilli nicht mehr hörte, was Luisa sonst noch sagte. Sie lief einfach los. Selbst wenn sie nach Hause schwimmen müsste, würde sie das weitaus lieber tun, als in dieses blöde Auto zu steigen.
»Hey, warte!« Very holte sie ein.
»Ich dachte, dein Opa holt dich?«, wunderte sich Lilli.
»Ist ja egal, wo er mich aufgabelt. Ich geh noch ein Stück mit dir.«
Lillis durchweichte Locken klebten ihr nass im Nacken.
»Hast du heute Enyas Haare gesehen?« Very spannte ihren kleinen Taschenschirm auf.
Lilli zuckte die Achseln. Natürlich hatte sie Enyas Haare gesehen und insgeheim bewundert. Sie waren in einem Kranz um den ganzen Kopf geflochten.
»Bei jedem würde so eine Frisur bescheuert aussehen«, plapperte Very weiter. »Aber bei Enya: echt, voll stylisch. Da können Mareike und Denise mit ihren Strähnchen noch so überheblich tun, in Wahrheit sind sie nur neidisch.«

Lilli legte einen Zahn zu. Aber mit ihren langen Beinen konnte Very leicht mithalten. »Und weißt du, was sie über Oles neue Frisur gesagt hat?« Ohne Lillis Antwort abzuwarten, redete Very weiter. »›Richtig niedlich.‹ Also, er sieht tatsächlich viel besser aus als vorher, da hat Enya echt recht.«

»Dann geh doch Enya auf die Nerven, wenn du sie so toll findest.« Lilli rannte jetzt fast. Very jedoch bremste, als wäre plötzlich eine Wand vor ihr aufgetaucht.

Nach ein paar Schritten blieb auch Lilli stehen. Sie drehte sich um und wollte Very sagen, dass sie das nicht so gemeint hätte, aber da wandte Very sich mit dem Handy am Ohr auch schon von ihr ab. »Ja, Opa, ich bin's …«

Nass bis auf die Knochen kam Lilli heim. Sneaker war allein im Haus und auf dem Tisch lag ein Zettel von Lillis Vater: *Musste zu einem Kunden mit Hundeallergie!*

Erst scharwenzelte Sneaker um Lilli herum, dann kratzte er immer ungeduldiger an der Haustür. Und jetzt klingelte auch noch ihr Handy. Lilli ließ den Hund raus, auch wenn sie genau wusste, dass er es sich nicht angewöhnen sollte, sein Geschäft einfach im Garten zu machen. Dann ging sie ans Telefon. Es war ihr Vater, der sich erkundigte, ob alles in Ordnung sei.

Lilli sagte zu allem Ja und Amen und nieste dreimal ins Telefon. Kaum, dass sie aufgelegt hatte, piepste ihr Handy schon wieder. Diesmal war es eine SMS vom Very. *Ich kümmer mich um B+B. Opa fährt mich zur M.*

Lilli nahm die Hundeleine vom Garderobenhaken, ging raus in den Garten und hinunter bis zu den Birken. Dort holte sie den honigfarbenen Kiesel aus ihrer Hosentasche und legte ihn zu all den anderen bunten Steinen auf Bibis Grab.

Es hatte aufgehört zu regnen, tröpfelte aber noch aus den Zweigen. Sneaker sprang immer wieder hoch, um an einen der Meisenknödel heranzukommen, die Lilli aufgehängt hatte. Lilli schaute ihm dabei zu und wurde traurig. Wieso musste ihr Küken damals sterben, noch bevor es richtig geschlüpft war? Bibi hatte in ihrem kurzen Hühnerleben nicht mehr gesehen als eine Eierschale von innen.

Lilli nahm Sneaker an die Leine und löste, bevor sie wieder reingingen, noch das gelbe Tuch vom Stamm der Tanne. Sie legte es im Bad zum Trocknen auf den Heizkörper und verpasste erst Sneaker eine heiße Dusche und dann sich selbst.

Schließlich duftete der Hund nach Hundeshampoo und Lilli nach grünem Apfel.

Am Abend steckte Lillis Vater ihr eine Wärmflasche unter die Bettdecke und redete mit ihr über Luisas Einzug und Lilli nickte zu allem. Sie hatte das seidene Tuch um den Hals und den Bauch voller Erkältungstee und wollte nur noch einschlafen, damit dieser blöde Tag endlich vorbei sein würde.

Spät in der Nacht wachte Lilli dann doch noch einmal auf und schlich sich raus aufs Klo. Die Schlafzimmertür ihres Vaters stand offen, also war Luisa nicht bei ihm. Schon bald aber würde seine Tür jede Nacht geschlossen sein.

Wieder zurück in ihrem Zimmer, hockte Lilli sich aufs Bett und zog im Licht ihrer Nachttischlampe eine der vielen Schubladen aus ihrem Bett. Ohne auf ihren Inhalt zu achten, drehte sie die Schublade auf den Kopf und riss den Zettel ab, der auf der Unterseite des Schubladenbodens festgeklebt war. Auf dem Zettel stand:

Weihnachtsgeschenke nicht vergessen für:
Papa
Luisa
Die Wilden Küken
Ole

Lilli zerknüllte den Zettel, warf ihn in ihren Papierkorb und räumte hastig all die Sachen wieder zurück in die Schublade. Ihre Igelhaarspange, die winzigen Kerzen, die sie von Bob und Very letztes Jahr zum Geburtstag bekommen hatte, den von ihrem Vater gedrechselten Kreisel aus Ebenholz, den Schlüsselanhänger mit ihrem Babyfoto und den Ballettschuh, den sie auf der *Mystery* unter der Planke gefunden hatten. Und zuletzt stopfte sie auch noch das seidene Halstuch dazu.

Auch der Anführerin einer Mädchenbande kann einmal die Puste ausgehen. Lilli lag mit Wadenwickeln im Bett und vor ihren fiebrigen Augen hing der gleiche Schleier wie vor dem Fenster. Ihr Vater brachte ihr heißen Holundersaft und Luisa steckte ihr ein Fieberthermometer ins Ohr und murmelte: »Leicht erhöhte Temperatur.«

Über Nacht schmolz der Schnee und die ganze graue Welt kam darunter wieder zum Vorschein.

Zum Glück war Samstag und Lilli konnte sich gründlich ausschlafen.

Abgesehen von ihrem schlechten Gewissen gegenüber den Freundinnen fühlte Lilli sich schon viel besser.

Und dann war da noch der Möbelwagen in ihrer Einfahrt, der nicht etwa Möbel abholte, die ihr Vater geschreinert hatte, sondern welche brachte.

Luisa sauste eifrig hin und her und bot den Möbelpackern Kaffee und Plätzchen an. Lillis Vater klappte fünfhundert Mal seinen Zollstock auf und zu, und genauso oft blickte er seine Tochter so bittend an, als bräuchte er ihre Erlaubnis dafür, die Nischen ihres Hauses für Luisas Möbel auszumessen.

Er kratzte sich mit dem Zollstock im Genick. »Was meinst du, Lilli, stellen wir Luisas Vitrinenschrank lieber in den Flur oder neben die Badezimmertür?«

»Mir egal. Ich geh dann mal ein bisschen bummeln«, sagte Lilli.

Ihr Vater wollte schon den Kopf schütteln, aber Luisa fühlte Lillis Stirn und meinte, es sei okay.

»Sicher willst du Weihnachtseinkäufe machen.« Luisa drückte verschwörerisch Lillis Hand.

»Und wo soll der Ledersessel hin, Luisa?«, rief Lillis Vater.

Luisa quetschte sich an den Möbelpackern vorbei die Treppe hinauf und endlich konnte Lilli gehen.

Zusammen mit Very und Bob hatte Lilli im Kaufhaus immer einen Riesenspaß. Aber allein war das anders. Ohne wirkliches Interesse begutachtete Lilli ein T-Shirt auf einem der Wühltische. Very konnte endlos nach einem Top in der richtigen Größe und Farbe suchen. Und Bob und Lilli mampften in der Zeit locker eine Tüte Schokorosinen leer. Jetzt aber fuhr Lilli nur gelangweilt die Rolltreppen rauf und runter.

In der Kosmetikabteilung herrschte der größte Rummel. Unter einem Schild mit der Aufschrift *Räumungsverkauf* entdeckte Lilli Melanie, die herabgesetzte Artikel neu etikettierte. Fachmännisch führte Melanie Lilli verschiedene Herrendüfte vor, aber es war keiner dabei, der zu Lillis Vater gepasst hätte.

Ganz anders als neulich in der Schule, war Melanie richtig gut drauf. Lilli folgte Melanies lächelndem Blick und sah Willi mit zwei Hamburgerschachteln neben dem Lift stehen.

»Seid ihr wieder zusammen?«, wunderte sich Lilli.

»Nein.« Melanie gab Willi Zeichen, sich noch etwas zu gedulden. »Aber wir sind Freunde. Und das ist fast noch besser.« Rasch packte Melanie Lilli einige kostenlose Parfümproben ein und rief zu einer Kollegin: »Petra, ich mach Pause, ja?«

Melanie berührte Lilli kurz am Arm und verschwand dann zusammen mit Willi im Lift.

Auch in den anderen Abteilungen blieb Lillis Suche nach einem Geschenk erfolglos. Sie bezahlte gerade eine kleine Tüte Schokorosinen, da stachen ihr zwei bekannte Gesichter ins Auge.

Mareike und Denise huschten eilig auf die Rolltreppe. Beide trugen die gleichen schwarz-weiß gemusterten Plüschmäntel und sahen aus wie Schneeleoparden auf der Jagd. Zumindest schienen es die beiden ziemlich eilig zu haben. Am Saum der beiden Leopardenmäntel baumelten noch Preisschilder, aber ganz offensichtlich waren Mareike und Denise nicht unterwegs zur Kasse, sondern Richtung Ausgang. Als unten eine Verkäuferin auftauchte, drehten die beiden Mädchen hastig um und liefen die Rolltreppe entgegen der Laufrichtung wieder hoch. Kurz vor dem Ziel stolperte Denise und zerrte an ihrem Mantel, der wohl zwischen den Stufen eingeklemmt war. Doch die Rolltreppe schaltete sich

bereits ab. Lilli zückte ihr Handy und reckte es den beiden gestrauchelten Schneeleoparden entgegen. »Mareike und Denise – Zicken-Cheese!«
Die Zicken guckten nur dumm und bemerkten nicht, dass Lilli nur so tat, als würde sie ein Foto machen. Ihr Handy hatte nämlich gar keine Kamerafunktion.

Nach der trockenen Kaufhauswärme kam Lilli die feuchtkalte Luft wie eine Wohltat vor. Sie lief die letzten Meter zur Haltestelle und erwischte sofort einen Bus.
Auf der erhöhten Sitzreihe thronend, verschnaufte sie erst einmal, schaute aus dem Fenster und aß die Schokorosinen.
Ein paar Stationen weiter wollte Lilli gerade aussteigen, blieb aber dann in der offenen Bustür stehen, weil sie im Augenwinkel Ole entdeckte, der sich soeben vorne beim Busfahrer ein Ticket kaufte. Ohne weiter nachzudenken, kehrte sie um und ging hinter einer Sitzlehne in Deckung.
Ole setzte sich auf den einzelnen Platz hinter dem Fahrer. Er hatte die Hörer seines MP3-Players in den Ohren und wiegte den Kopf leicht hin und her. Wieso war sie nicht einfach ausgestiegen? Lilli ärgerte sich über sich selbst. Aber auch an der nächsten Station stieg sie nicht aus, sondern fuhr mit, bis Ole sich vier Stopps weiter die Ohrstöpsel aus den Ohren zupfte und zur vorderen Tür lief. Hektisch drückte Lilli auf den hinteren Türknopf.
Draußen auf der Straße blickte sich Ole zur Orientierung um.

Was suchte Ole hier, wo wollte er hin? Lilli zwängte sich zwischen zwei parkende Autos.
Ole steckte sich die Ohrstöpsel wieder in die Ohren und marschierte los.
Vielleicht wohnt Enya in diesem Viertel, grübelte Lilli und folgte Ole mit einigem Abstand in die nächste Nebenstraße. Damit er sie nicht entdeckte, drückte sie sich wie eine Detektivin in Hauseingänge und Hofeinfahrten.
Ein ganzes Stück vor ihr bog Ole nach links ab. Lilli wich einem Radfahrer aus, begann zu rennen und prallte fast mit einer alten Frau zusammen, die vor Schreck ihre Einkaufstasche fallen ließ. Bis Lilli sich mehrmals entschuldigt und alle Rosenkohlröschen wieder eingesammelt hatte, war Ole nirgends mehr zu sehen. Lilli hatte ihn verloren.
Zu dritt wäre uns das nicht passiert, dachte sie. Wenn die *Wilden Küken* jemanden beschatteten, dann entkam er ihnen normalerweise nicht so leicht. Und verirrt hätten sie sich zusammen auch nicht. Denn Bob verfügte über einen ziemlich guten Orientierungssinn und Very hatte ein Navigationssystem in ihrem Superhandy.
Ratlos hielt Lilli Ausschau. Hier war sie wirklich noch nie gewesen. Auf der gegenüberliegenden Straßenseite kamen vier Mädchen aus einem Tanzstudio. Die konnte sie nach der nächsten Bushaltestelle fragen. Aber ein Müllauto fuhr vorbei, und bis Lilli die Straße überqueren konnte, waren die Mädchen schon verschwunden.
Aus dem Innern des Tanzstudios drang leise Musik. Lilli

drückte gegen die Tür. Unschlüssig blieb sie im Hauseingang vor einem Schwarzen Brett stehen, auf dem verschiedene Kurse verzeichnet waren: Ballett für Anfänger, Tänzerische Früherziehung, Kreatives Tanzen, Musical für Kids, Tango und Jazzdance.
Ein paar Stufen über Lilli schob ein Mädchen in einem Elfenkostüm eine verglaste Schwingtür auf. »Bist du die Neue fürs Musical?«
Lilli schüttelte den Kopf. »Wo ist denn von hier aus die nächste Bushaltestelle?«
»Vor bis zum Bolzplatz«, nuschelte die Tänzerin, »dann siehst du sie schon.«
Bevor Lilli rausging, nahm sie sich noch einen Flyer mit, auf dem die Silhouetten von Tänzerinnen die Buchstaben *DANCE* bildeten. Dann ging sie vor zum Bolzplatz und rannte los. Ziemlich aus der Puste, erwischte sie gerade noch den schon blinkenden Bus.

Der Umzugswagen war weg, aber im ganzen Haus herrschte ein ganz schönes Durcheinander. Sneaker rannte aufgeregt durch alle Räume und beschnüffelte die unbekannten Möbel.
Lilli hatte die Schuhe noch nicht mal ausgezogen, da bat Luisa sie auch schon um einen Gefallen. Sie sollte Einladungskarten für Luisas Einstandsparty bei den Nachbarn abgeben. Widerwillig nahm Lilli die Karten und marschierte los. Sie läutete bei den Friedemanns, die rechts von ihnen

wohnten, und bei Frau Erhard, deren Haus auf der andern Seite des Fußwegs lag, und dann bei Familie Gabler im Eichenweg. Bei den Gablers war niemand zu Hause, also steckte Lilli die Einladungskarte dort einfach in den Briefkasten.

Mit der vagen Hoffnung, Herr Röhrich könnte ebenfalls nicht zu Hause sein, drückte Lilli auf den Klingelknopf neben der vergitterten Haustür. Nichts rührte sich. Lilli atmete auf und wollte die Karte schon in den Briefschlitz stecken, da erschien Herrn Röhrichs Gesicht über der Türkette. »Wo ist der Köter?«

»Daheim eingesperrt.« Lilli hielt die Einladungskarte vor den schmalen Türspalt. »Die soll ich abgeben.«

Herr Röhrich schloss die Tür kurz, die Kette klimperte und schon winkte der Nachbar Lilli in den Flur. Ein paar Sekunden lang studierte er die Einladungskarte im trüben Licht der stoffbespannten Lampe. »Wie schön, dann ...« Er machte eine Denkpause.

Wenn er jetzt wieder seinen Spruch mit der weiblichen Hand sagt, dachte Lilli, dann hol ich Sneaker.

»Also ist bei euch jetzt endlich eine Frau im Haus, die sich um dich kümmert.« Herr Röhrich tätschelte Lillis Kopf, als die Küchentür aufging und Herrn Röhrichs Tochter mit einer Orangenhälfte in der Hand erschien. In der Küche hinter ihr lagen noch weitere halbierte Orangen auf der Arbeitsfläche.

»Katrin, du tropfst.« Herr Röhrich hielt sein zerknittertes

Taschentuch unter die Orangenhälfte. »Das ist Lilli, du weißt schon … von nebenan.«
»Hi, Lilli.« Katrin ging eilig zurück in die Küche und klemmte die tropfende Orangenhälfte in die Zitruspresse. Dabei legte sie den Kopf schief und betrachtete Lilli. »Du bist ihr wirklich wie aus dem Gesicht geschnitten.«
Auf Lillis irritierten Blick hin ergänzte sie: »Nadja, deiner Mutter.«
Lilli betrachtete sich in der verspiegelten Küchentür. Ein blasses, von Locken eingerahmtes Gesicht blickte ihr entgegen. Die mahagonibraunen Haare, die grünen Pistazienaugen, die schmalen Schultern und ihre dünnen Beine, die aus den dicken Stiefeln ragten, alles an ihr sah aus wie immer, und trotzdem kam Lilli sich jetzt seltsam fremd vor.
»Bevor du auf der Welt warst, da haben Nadja und ich öfter mal was zusammen unternommen.« Katrin zog Lilli zu sich in die Küche. »Auch einen Saft?« Sie reichte Lilli ein Glas. »Ich hatte gerade mein erstes Auto … Einmal waren wir sogar in Berlin. Im Ballett.« Katrin drückte den Hebel der Zitruspresse nach unten. »Nadja war richtig tanzverrückt.«
»Haben Sie meine Mutter mal tanzen gesehen?« Lilli trank einen Schluck, ohne irgendetwas zu schmecken.
Katrin nickte. »Ja. In der Stadthalle. Sie konnte wie ein Wirbelwind sein, der alles wegweht, aber auch …« Sie überlegte. »Aber auch wie ein Grashalm im Wind.«
»Das Fernsehquiz fängt an«, rief die Stimme von Herrn Röhrich aus dem Wohnzimmer.

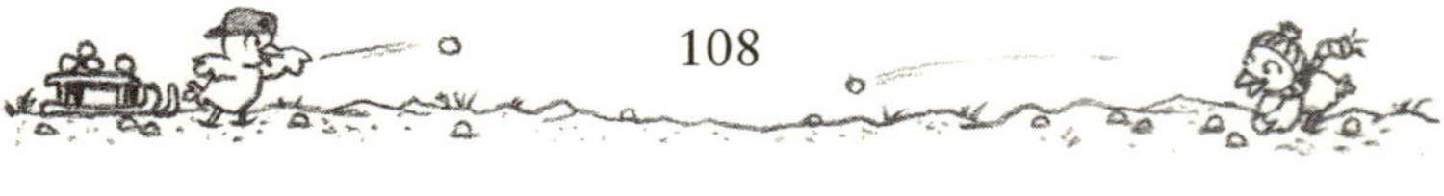

Katrin stellte zwei volle Saftgläser auf ein kleines Tablett und holte eine Packung Spekulatius aus dem Küchenschrank.
»Ich geh dann mal«, murmelte Lilli. Schnell trank sie den Saft aus und stellte ihr Glas in die Spüle.
»Treffen Sie Nadja noch manchmal?« Lilli stand schon auf dem Fußabstreifer vor der vergitterten Haustür.
Katrin schüttelte den Kopf. »Und du?«
Lilli zog ihre Jacke fester um sich. »Ich auch nicht.«
»Wir waren damals auch nicht richtig befreundet, eher Bekannte.« Katrin seufzte. »Schade, ich wär gern ihre Freundin gewesen.«
»Katrin, das Quiz!!«, drängte Herr Röhrich.
»Ja-ha, Papa«, rief Katrin und wandte sich dann leiser an Lilli. »Ich kümmer mich ein bisschen um ihn, solange Mama auf Kur ist.« Sie blinzelte Lilli zu und schloss dann die Tür.

Zu Hause kümmerte sich Lilli weder um die Frage, ob Luisas Sofa besser ins Wohnzimmer oder ins Schlafzimmer passen würde, noch darum, was es auf der Einstandsfeier zu essen geben sollte. Lilli schnappte sich ihr Handy, rannte rauf in ihr Zimmer und tippte eine aus acht Buchstaben bestehende SMS an ihre Freundinnen. *Bobalarm.*
Schlägt man im Bandenbuch der *Wilden Küken* die Seite mit den geheimen Codewörtern auf, liest man unter *BOBALARM: Schnellstmögliches Bandentreffen bei Bob.* Natürlich nur, wenn man dazu fähig ist, die Geheimschrift der *Wilden Küken* zu entschlüsseln.

Lilli und Very kamen gleichzeitig vor der *Gelateria Cantarella* an.
»Was ist denn los?«, keuchte Very und drückte die Tür auf. Lilli folgte ihr in die Eisdiele.
Bob stand mit dem Rücken zu ihnen an einem der kleinen Stehtische und übte Klarinette. Es waren keine Gäste da, nur Gelatino saß, in einer Autozeitschrift blätternd, vor einem doppelten Cappuccino. Offensichtlich angelockt von der Musik, kam Nonna Paola aus der Küche. Um Bobs Spiel nicht zu stören, setzten sich Lilli und Very zusammen mit der Nonna auf die Bank am Fenster. Bob war so konzentriert, dass sie nichts um sich herum wahrnahm.
Lilli wiegte sanft ihren Oberkörper im Rhythmus der Musik und berührte dabei versehentlich die Schulter von Bobs Oma.
»La lingua degli angeli.« Die Nonna lächelte ihr faltiges Lächeln und schloss kurz die Augen. »Die Musik ist die Sprache der Engel.«
Alle lauschten, bis Bob sich verspielte, abbrach und sich umdrehte. »Hey, ihr seid schon da.« Sie raffte ihre Noten zusammen und packte die Klarinette in den Instrumentenkoffer.
Die Nonna holte zwei Teller mit Mandelplätzchen aus der Küche. Den einen Teller stellte sie den *Wilden Küken* hin, den anderen Gelatino. Dann brachte sie dampfenden Kakao. Und kurz darauf hockten Lilli, Bob und Very um ihren Lieblingstisch und tunkten Mandelplätzchen in heiße Schokolade.

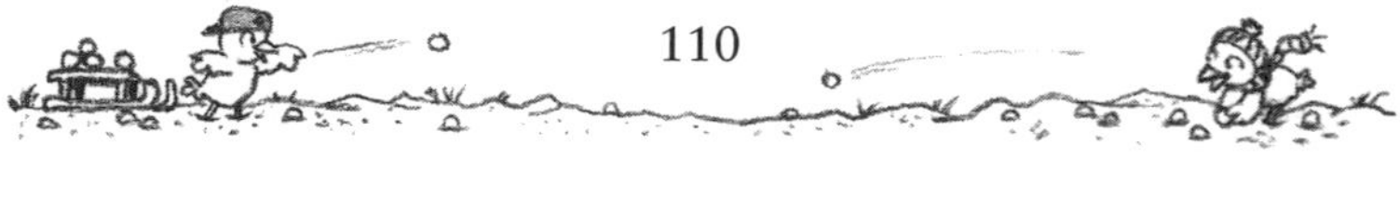

Very rührte mit ihrem Strohhalm in der Tasse und sah Lilli auffordernd an. »Was gibt's denn nun eigentlich?«

»Mein Vater hat doch die Treppe bei uns gestrichen«, fing Lilli an. »Und da ist noch eine Dose übrig von der Farbe. Also, ich hab mir gedacht, damit könnten wir doch die Schiffstreppe der *Mystery* streichen und …«

»Und deshalb gibst du Alarm?«, riefen Bob und Very gleichzeitig so laut, dass Gelatino von seiner Zeitschrift aufblickte.

Lilli zögerte kurz und seufzte leise. »Ihr habt mir einfach so sehr gefehlt.«

»Keine alleine. Alle oder keine«, sagte Very leicht vorwurfsvoll.

Bob berührte Lillis Hand. »Du hast uns auch gefehlt.«

»Tut mir leid, was ich gestern nach der Schule zu euch gesagt hab.« Lilli wandte sich an Bob. »Ich war nur so sauer, weil Luisa doch bei uns einzieht und sich aufführt, als wäre sie meine Mutter.«

Bob nickte verständnisvoll.

»Und was Enya betrifft«, Lilli schaute in Verys wasserblaue Augen. »Sie hat nicht nur tolle Haare, sondern kann auch super Schneebälle werfen und wenn sogar Sneaker sie mag, ist sie wahrscheinlich auch keine blöde Kuh! Aber sie ist einfach eine Nervensäge und …« Weiter kam Lilli nicht, denn Very schob ihr einfach ein Mandelplätzchen in den Mund.

Plötzlich setzte Musik ein. Siegi hatte die Musikbox ange-

schaltet und tanzte ausgelassen um die leeren Tische herum.
Gelatino klopfte mit seiner Zeitschrift den Takt mit und Siegi packte Lilli an der Hand und zog sie mit sich. »Sneller, Lilli«, jauchzte Siegi.
»Das heißt schneller«, korrigierte Lilli ihren kleinen Tanzpartner. »Schneller mit sch!«
Erst tanzte Lilli nur Siegi zuliebe mit, aber als dann ihr Lieblingslied kam, vergaß sie alles um sich herum. Leichtfüßig wirbelte Lilli um die eigene Achse, bis sie plötzlich ein Schluchzen hörte und mitten im Schwung innehielt. Von allen unbemerkt war Giulia aus der Wohnung heruntergekommen. Sie hielt ihr Handy in der einen Hand und ein Taschentuch in der anderen. »Justin und ich haben uns getrennt.«
Wie ungerecht die Welt doch war. Wieso konnten sich nicht Luisa und Lillis Vater trennen und alles wäre wieder wie früher? Die letzten Takte von Lillis Lieblingslied verklangen.
Giulia schniefte und drehte sich weg, als schämte sie sich ihrer Tränen.
»Net woana, Giulia, des is der Depp doch gar ned wert!« Gelatino berührte sie an der Schulter und bot ihr von den Mandelplätzchen an. Aber Giulia hatte keinen Hunger und ließ sich lieber von ihrer Oma in den Arm nehmen.
»Dass ich zu ihm ziehe, das kann er sich abschminken, dieser eingebildete, arrogante, aufgeblasene, egoistische …« Der Rest von Giulias geschluchzten Worten ging in ihrem

Taschentuch unter. Die Nonna begleitete Giulia nach oben.
»Du nimmst jetzt ein heißes Bad und dann erzählst du mir alles.«
»Aus der Traum vom eignen Simmer!« Siegi streckte Bob die Zunge raus.
Bob lächelte tapfer. »Ja, aus der Traum.«
»Quatsch«, sagte Lilli. »Wir müssen Giulia und Justin nur wieder zusammenbringen!«
»Und wie willst du das anstellen?«, fragte Very.
»Wir brauchen nur einen guten Plan«, antwortete Lilli. »Und den richtigen Mann dafür!«
Und als könnten Bob und Very ihre Gedanken lesen, blickten alle drei *Küken* zu Gelatino, der mit solchem Ernst in seinem Cappuccino rührte, also würde die Welt sonst aufhören, sich zu drehen.

Lilli und Bob futterten sich durch alle Nudelsalate und sprachen dabei immer wieder ihren Plan für die *Operation Giulia* durch. Fast alle Gäste waren zu Luisas kleinem Adventstee, wie sie das nannte, erschienen. Es gab natürlich nicht nur Tee, sondern auch Bier und Wasser, den Champagner aus der Riesenflasche, die Verys Opa Hinsgen mitgebracht hatte, und eine ganze Parade der unterschiedlichsten Säfte. Lilli kostete gerade Brombeersaft und er schmeckte wie ein Schluck Hitzefrei.

Wieder und wieder verglichen Lilli und Bob die Uhrzeit. »Sie sollten allmählich eintrudeln«, seufzte Lilli. Da klingelte es auch schon. Aber es war nicht Very, die versprochen hatte, rechtzeitig mit Gelatino aufzukreuzen, sondern Herr Röhrich, der Luisa eine Schneeschaufel mit roter Schleife überreichte. Als er anfing, über die Bedeutung der weiblichen Hand für einen Haushalt zu reden, verzog Lilli sich mit Bob ins Wohnzimmer.

Bob brach eine Minipizza in zwei Hälften. »Noch genau eine halbe Stunde, dann kommt Justin.«

Dank der bevorstehenden Bandenaktion vergaß Lilli fast

vollends den eigentlichen Anlass der Feierlichkeit. Von vielen Gästen hatte Luisa Brot und Salz bekommen, aber auf der neuen Kommode im Wohnzimmer waren auch andere Geschenke versammelt: ein Nudelholz, kleine Bilderrahmen, ein Vogelhäuschen und ein Schuhlöffel mit Luisas eingraviertem Namen.

Die Friedemanns fragten Lillis Vater nach einer Vase für ihren Blumenstrauß und Frau Erhard lobte die geschmackvolle Einrichtung. Verys Mutter Ilona drückte Luisa ein dickes Feng-Shui-Buch mit fernöstlichen Tipps für die richtige Wohnungseinrichtung in die Arme. »Und der hier«, Ilona blinzelte so beflissen, wie auch Very es manchmal tat, »der hier optimiert den Fluss der Lebenskraft Qi in Wohnräumen.« Sie holte aus ihrer Umhängetasche einen großen Kristall, der in allen Farben schimmerte. »Den würde ich ins Schlafzimmer hängen.«

Lillis Vater reichte Frau Friedemann eine Vase und bewunderte dann den wundertätigen Kristall.

Lillis Wünsche konnte der Kristall allerdings nicht erfüllen, denn sonst hätten sich Luisa und ihr Vater auf der Stelle entliebt. Aber so zärtlich, wie Lillis Vater über Luisas Rücken streichelte, schienen die Aussichten darauf nicht gerade günstig. Während Ilona weiter die Wirkung des Kristalls erklärte, begutachtete Hartmut skeptisch eine der Weinflaschen.

Jens und Anna Wilhelms testeten das neue Wohnzimmersofa, indem sie so taten, als wollten sie darauf Siesta halten.

Giulia und Nonna machten sich in der Küche nützlich, das

heißt, eigentlich machte sich nur die Nonna nützlich, Giulia seufzte vor sich hin und war unglücklich. Sie lehnte in ihrem wunderschönen Kleid so dermaßen traurig am Kühlschrank, als spielte sie die Hauptrolle in einem dieser zum Heulen schönen Liebesfilme.

Obwohl es noch viel zu früh war, hielt Lilli immer wieder am Wohnzimmerfenster Ausschau nach Very und Gelatino.

»Achtung, Lilli«, hörte sie plötzlich Bobs Stimme hinter sich, und gleichzeitig fuhr ihr der Schrecken in alle Glieder. Direkt vor Lilli krabbelte eine riesige Spinne übers Fensterbrett. Mit einem Aufschrei sprang Lilli nach hinten und prallte gegen Ole. Instinktiv versetzte sie ihm einen Stoß, aber Ole lachte nur. »Darf ich vorstellen, das ist Sissi.« Grinsend ließ er die haarige Tarantel an ihrem elastischen Faden vor Lillis Nase auf- und abbaumeln.

Noch bevor Lilli reagieren konnte, trat Frau Roland hinzu und versuchte, ihrem Sohn die Spinne wegzunehmen. »Ole, ich hab gesagt, das Ekelding bleibt zu Hause!«

Jetzt bemerkte Lilli auch Little, der auf die Spinne zeigte. »Damit kann man Personen erschrecken und sich an der Reaktion erfreuen.«

»Ole, gib das her!«, sagte Frau Roland streng und erwischte den Spinnenfaden.

Ole hielt die Spinne fest und seine Mutter zog. Der elastische Faden dehnte sich.

»Zum letzten Mal, Ole, lass los.«

Und Ole ließ los. Die Spinne schnellte durch die Luft, zog Frau

Roland den Faden aus der Hand und landete im Dekolleté von Frau Schley, die sich soeben in Luisas Ledersessel niederlassen wollte. Kreischend schlug Frau Schley die Spinne von sich weg und dann gab es ein Riesendurcheinander, in dem Lilli, Bob und Ole, gefolgt von Little, in Lillis Zimmer flüchteten. Auf der Treppe konnte Lilli ihr Lachen noch unterdrücken, aber als die Tür hinter ihnen zufiel, lachte sie schallend los. Bob bekam kaum Luft und sogar Little schmunzelte.

Hinter Lillis besonders lautem Gelächter verbarg sich die leise Sorge, Ole könnte irgendetwas wegen der Sache auf der Eisbahn sagen. Aber Ole hockte sich auf Lillis kleinen Fransenteppich und streichelte Sneaker, der hier oben eingesperrt war, damit er nicht alle Gäste beschnüffelte.

Ole blickte sich um. »Schönes Zimmer, Lilli.«

Bob wischte sich die Lachtränen aus den Augen. »Das kann man wohl sagen!«

»Die Operation Giulia!« Schlagartig erinnerte Lilli sich wieder an ihren Plan.

Aufgescheucht blickte Bob auf die Uhr. »Very muss jeden Moment mit Gelatino auftauchen!«

»Operation Giulia?«, fragte Little. »Was bedeutet das?«

Lilli und Bob redeten so hektisch durcheinander, dass die beiden *Grottenolme* nur Bahnhof verstanden.

»Justin denkt, er soll Papas altes Laptop für mich reparieren«, erklärte Lilli und öffnete die Tür.

Bob lief die Treppe runter. »Und wenn er ankommt, tanzt meine Schwester gerade mit Gelatino.«

»Very ist noch nicht da.« Lilli spähte vom Flur aus ins Wohnzimmer.

»Als Junge hatte ich auch so eine«, sagte Bobs Vater zu Frau Schley und hängte die Spinne an den Fensterknauf. »Die sah aber nur halb so echt aus.«

Frau Roland und Luisa kamen mit einem Tablett voller Glasschälchen aus der Küche. Kurz huschte ein Schatten über Oles Gesicht. Wahrscheinlich erwartete er eine Strafpredigt.

Aber seine Mutter bat ihn nur um einen kleinen Gefallen. »Mister Scherzkeks, bitte sei so gut und hol den Obstsalat aus dem Auto!«

Froh über den glimpflichen Ausgang der Spinnenaffäre, holten Lilli und Bob gemeinsam mit den Zwillingsbrüdern den Obstsalat aus dem Kofferraum von Frau Rolands Auto.

Als sie die Heckklappe wieder zuschlugen, ertönte hinter ihnen eine knallende Fehlzündung und Gelatinos Auto hielt auf dem letzten freien Platz in der Einfahrt.

»Wo ist Very?«, fragte Lilli, als Gelatino allein ausstieg.

»An scheena Gruaß, soll i sagen, sie hat koa Zeit.« Gelatino hatte einen dunklen Anzug an, eine Nelke im Knopfloch und duftete nach Rasierwasser. »Is d' Giulia scho da?« Nervös zupfte er an seinem Anzug.

»Wir müssen nur noch die Leute zum Tanzen bringen«, sagte Lilli.

Aber das Problem mit dem Tanzen löste sich wie von selbst, denn als sie ins Wohnzimmer kamen, waren die Möbel

schon beiseitegeräumt, und Jens und die Nonna tanzten zu einem italienischen Schlager.
»Stefan?« Luisa streckte die Hand nach Lillis Vater aus, aber der schenkte gerade Kaffee in die Tasse von Frau Schley. »Später, Luisa!«
Da griff sich Luisa Bobs Hand und tanzte mit ihrer Nichte.
Gelatino steuerte direkt auf Giulia zu, die neben ihrer Mutter stand. Er verbeugte sich elegant und fragte in astreinem Hochdeutsch: »Darf ich bitten, Giulia?«
Giulia blickte ihn etwas verwirrt an und schüttelte den Kopf.
Aber da zog Gelatino die Nelke aus seinem Knopfloch und fiel vor Giulia auf die Knie.
Die Umstehenden klatschten so aufmunternd, dass Giulia nicht anders konnte, als mit Gelatino zu tanzen.
Bob und Luisa machten ihnen Platz, und auch Jens und die Nonna traten beiseite, sodass die beiden jetzt die einzigen Tänzer waren.
Giulia und Gelatino drehten sich im Kreis. In dem eleganten Anzug und dem Schauspielerinnenkleid sahen sie wirklich aus wie ein Filmpärchen.
Lilli konnte es in ihrer Vorstellung genau vor sich sehen, wie ihr Plan aufging. Gleich würde Justin erscheinen, das Paar sehen, eifersüchtig werden und Giulia für alles um Verzeihung bitten. Giulia würde Justin versöhnt um den Hals fallen, zu ihm in seine Wohnung ziehen und die Sache mit Bobs eigenem Zimmer wäre gebongt.

Lilli schaute ungeduldig auf die Uhr. Wo blieb Justin nur? Gelatino und Giulia beendeten ihren Tanz. Giulia gab ihm die Nelke zurück und holte sich ein Schälchen Obstsalat, da klingelte draußen das Telefon. Lilli lief in den Flur und ging dran. Es war Justin, der nicht kommen konnte, weil ihm etwas dazwischengekommen war.

Als Lilli auflegte, sah sie gerade noch, wie sich hinter Gelatino die Haustür schloss. Sie ging ihm nach. Im Vorbeigehen warf er neben der Garage die Nelke in die Biotonne und zerrte dann am Griff seiner klemmenden Autotür. Mit einem knarrenden Geräusch ging die Tür auf. Gelatino setzte sich hinters Steuer und hielt inne. Einen Augenblick lang sah er genauso traurig aus wie Giulia vorhin in der Küche.

Während Gelatino rückwärts aus der Einfahrt fuhr, legte sich eine Hand auf Lillis Schulter. Bobs Oma stand neben ihr und seufzte. »*Amore!*«

Und obwohl Lilli kein Italienisch konnte, wusste sie, was gemeint war.

Während die Erwachsenen zusammensaßen und sich unterhielten, spielten Lilli, Bob, Ole und Little Kniffel. Aber sie redeten wenig, und der Einzige, dem das Spiel wirklich Spaß zu machen schien, war Little.

Und als Frau Roland die Zwillinge zum Aufbruch rief, war Lilli fast erleichtert. Zum Abschied sagte Ole noch: »Sobald es wieder schneit, ist der Waffenstillstand vorbei. Wir haben noch eine Rechnung offen.«

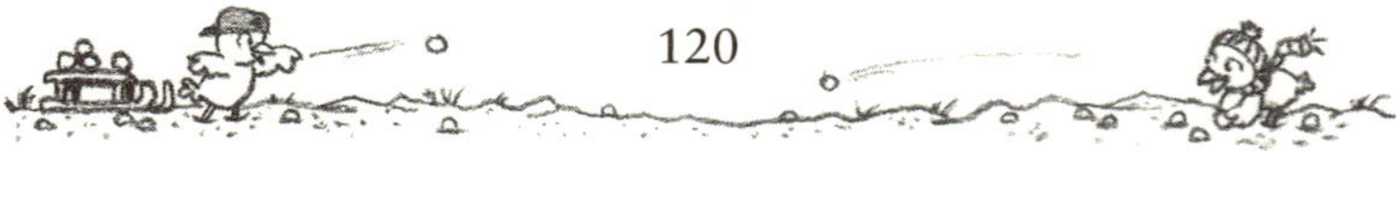

Lilli stand kurz auf dem Schlauch, aber als Little irgendetwas über das Täuschungsmanöver mit der Schlittenspur murmelte, war ihr klar, dass es um Bandenaktivitäten ging.

Schon während des Kniffelspiels hatten Lilli und Bob immer wieder vergeblich versucht, Very auf dem Handy zu erreichen. Und auch jetzt meldete sich nur die Mailbox. Wo konnte Very nur stecken? Sie hätte sich doch die Operation Giulia nicht entgehen lassen, auch wenn inzwischen klar war, dass der raffinierte Plan der *Wilden Küken* nicht aufgegangen war. Laut ihrer Mutter war sie beim Cheerleadertraining, aber als Bob Rieke anrief, die auch eine Cheerleaderin war, wusste die nichts von einem Training.

»Vielleicht hat sie einen Freund?« Lilli sammelte die Würfel ein.

»Das hätte sie uns doch gesagt«, antwortete Bob.

In diesem Moment rief Very an, behauptete, das Training hätte länger gedauert als gedacht, und erkundigte sich, wie die Operation Giulia gelaufen sei.

Lilli lag noch wach im Bett, als auch die letzten Gäste nach Hause gingen. Das laute Lachen von Frau Schley, die schon etwas beschwipst war, drang herauf, dann schlugen Autotüren, und Motoren wurden gestartet. Sneaker bellte ein paarmal und schließlich hörte Lilli nur noch ihren Vater und Luisa leise reden.

Mit dem Gedanken, dass sie jetzt zu dritt hier wohnten, schlief sie ein.

Lilli geht in die Hocke, holt Schwung, wirbelt herum und landet geschmeidig wie eine Katze. Viele Gäste applaudieren, aber Lilli blickt immer nur in ein bestimmtes Gesicht. Sie schraubt sich in die Luft und hofft bei jeder Drehung, das Gesicht möge noch da sein. Oles Augen strahlen sie voller Bewunderung an. Seine Hände applaudieren. Lilli dreht sich immer schneller und …

»Autsch.« Sie blinzelte und sah Plüschka neben sich am Boden liegen. Lilli war aus ihrem Bett gepurzelt. In ihrem Traum war sie leicht wie eine Feder gewesen, aber jetzt hatte die Schwerkraft sie wieder.

»Frühstück«, rief von unten eine Stimme. Das war Luisa. Schlagartig wurde Lilli bewusst, dass ab jetzt alles anders sein würde. Sie bettete Plüschka auf ihr Kopfkissen und zog sich schnell an.

Als Lilli die Küche betrat, redeten Luisa und Lillis Vater über die gestrige Feier, lachten über Oles Spinne und strichen sich Marmeladenbrötchen. Hoffentlich fangen sie nicht wieder an, sich zu füttern, dachte Lilli und schob die Hände in die Tasche ihrer Kapuzenjacke. In der linken Tasche fühlte sie einen Zettel knistern. Das war der Flyer des Tanzstudios. Lilli legte ihn auf den Tisch. »Da will ich mich anmelden.« Sie fuhr mit der Hand über die Silhouetten der Tänzerinnen auf dem Flyer.

»Dance«, las ihr Vater skeptisch. »Wieso denn ausgerechnet was mit Tanz?«

Lilli zuckte mit den Schultern. »Weil ich Lust dazu hab.«

»Du bist doch dauernd mit den *Wilden Küken* unterwegs, außerdem müssen die Hühner versorgt werden und um Sneaker kümmerst du dich auch zu wenig. Von der Schule ganz zu schweigen!«

Als er das mit der Schule sagte, wusste Lilli, dass sie sich das Tanzen abschminken konnte. Luisa würde einen Vortrag über Bildung als Chance halten und Lillis Vater würde ihr zustimmen. Es waren düstere Zeiten, die auf sie zukamen, mit zwei Erwachsenen, Verbote im Doppelpack sozusagen.

»Ich ruf da mal an.« Luisa schnappte sich den Flyer und ging rüber ins Wohnzimmer.

Nach ein paar Minuten erschien sie wieder. Zu Stefan gewandt, sagte sie: »Die bieten unverbindliche Schnupperkurse an.« Und zu Lilli: »Wenn du willst, kannst du heute schon mal hingehen.«

Lillis Vater runzelte die Stirn und wiegte den Kopf so, dass man es für ein Nicken halten konnte.

Vielleicht waren zwei Erwachsene im Haus doch gar nicht so schlecht, vor allem, wenn sie sich nicht einig sind, dachte Lilli und biss in ihr Nussnugatcremebrot.

Lilli stieg in den Bus und setzte sich an einen Fensterplatz. Plötzlich entdeckte sie Very, die über die Straße und auf die Bushaltestelle zueilte und winkte. Lilli winkte zurück und merkte dann erst, dass das Winken gar nicht ihr galt. Der Bus fuhr los und Very lief hinter ihm vorbei. Schnell wechselte Lilli auf die andere Fensterseite und konnte gerade noch erkennen, dass Very auf jemanden zulief, der unter einem großen schwarzen Regenschirm stand. Kurz war Lillis Sicht versperrt, dann sah sie noch, wie Very plötzlich einen Blumenstrauß in der Hand hielt und sich unter den fremden Schirm duckte. Der Bus scherte in den Verkehr ein, und verwirrt versuchte Lilli, sich das Gesehene zu erklären. Nach den Schuhen zu urteilen, war die Person unter dem Schirm eindeutig ein Junge. Hatte Very wirklich einen heimlichen Freund? Und schenkte er ihr Blumen? Von ihnen dreien wäre es Very auf jeden Fall am ehesten zuzutrauen, sagte sich Lilli. Sie beschloss, das alles bei nächster Gelegenheit mit Bob zu bereden.

14

Inzwischen bereute Lilli es schon fast, dass sie sich für Ballett entschieden hatte. Sie stand in einem kleinen Übungsraum in einer Reihe mit anderen Mädchen vor einer Spiegelwand. Mit der linken Hand hielten sie sich an einer Stange fest, die von der Ballettlehrerin Barre genannte wurde, und streckten auf Kommando das rechte Bein hoch. Die Mädchen bewegten sich sehr elegant. Heute fand nur ein Kurs für Fortgeschrittene statt, aber die Ballettlehrerin hatte Lilli trotzdem erlaubt mitzumachen.

Immerhin fühlte sich das jetzt wie Ballett an. Vorhin hatten sie eine halbe Ewigkeit Aufwärmtraining gemacht – wie beim Turnunterricht in der Schule.

»*En dehors,* Auswärtsdrehung aus dem Hüftgelenk!«

Lilli verstand kein Wort. Weder, was die Lehrerin auf Französisch sagte, noch die deutschen Anweisungen.

»Und: *Demi-plié* … Stell dir vor, du machst das *Plié* zwischen zwei Wänden. Und *Grand-plié*!«

Wie die anderen Mädchen ging auch Lilli in eine gespreizte Hocke und stellte sich dabei so sehr vor, zwischen zwei Wänden zu stecken, dass sie kaum mehr Luft bekam.

Und es gab nicht mal Musik. »Und eins und zwei und drei.« Laut zählend, gab die Lehrerin den Takt vor.
Möglichst unauffällig beobachtete Lilli die anderen Mädchen und ahmte ihre Bewegungen nach.
»Und: *Sur le cou de pied!*«
Die anderen hatten alle rosa Ballettanzüge und Tutus an. In ihrem gemusterten Lieblingsturnanzug und den Strickstulpen kam Lilli sich vor wie ein bunter Hund.
Mitten im Schwung drehte sich das Mädchen vor Lilli zu ihr um. »Der Fuß wird kurz oberhalb des Fußknöchels angelegt.« Das Mädchen machte es vor und ihr Pferdeschwanz peitschte knapp an Lillis Nase vorbei.
Gleichzeitig fühlte Lilli die Hand der Lehrerin an ihrem Fuß. »Und die Ferse zeigt wie beim *Passé* nach vorne.«
Lilli verrenkte sich.
»Das Knie nach außen!« Das Mädchen vor ihr lächelte. »Hi, ich bin übrigens Sandrine!«
Doch statt den Anweisungen zu folgen und sich ebenfalls mit einem Lächeln vorzustellen, sagte Lilli: »Hier gibt's ja nicht mal Musik!«
Trotzig verschränkte sie die Arme.
Die Ballettlehrerin musterte Lilli von oben bis unten. »Ich fürchte, du bist ein Fall für Frau Struwe!«
Sie hakte ihren Finger in den Kragen von Lillis Turnanzug und zog sie mit sich hinaus. Lilli wusste nicht, wie ihr geschah und was es bedeutete, ein Fall für Frau Struwe zu sein, da öffnete die Ballettlehrerin auch schon eine Tür auf

der gegenüberliegenden Seite des Korridors und schob Lilli in den Raum.

Eine spindeldürre alte Dame mit Stulpen an den Fuß- und Handgelenken drehte die Musik leiser.

»Kann Lissi bei Ihnen mitmachen, Frau Struwe?«, fragte die Ballettlehrerin. »Schnupperkurs?«

»Ich heiße Lilli«, verbesserte Lilli, aber da war die Tür hinter ihr schon wieder zugezogen.

Frau Struwe drehte die Musik wieder an. Sie hatte kurze, schon ein bisschen graue Haare, aber ihre hellwachen Augen ließen sie viel jünger erscheinen, als sie war.

»Im klassischen Tanzunterricht lernt man zuerst Schritte und Techniken, die anschließend allmählich mit Energie gefüllt werden. Wir machen es umgekehrt.«

Drei Mädchen etwa in Lillis Alter schlenkerten mit den Beinen. Die Stimme von Frau Struwe war leiser als die Musik, aber Lilli verstand jedes Wort klar und deutlich.

»Kreativ tanzen heißt, mit dem ganzen Körper Geschichten zu erzählen, Gefühle zu zeigen und Bilder zu malen.«

Lilli spürte, wie ihr Herz zu klopfen begann.

»Wir sind unsere eigenen Lehrer!«

Frau Struwe drehte die Musik lauter und Lillis Atem beschleunigte sich.

»Wir tanzen, wie wir lachen oder weinen oder schweigen. Wir tanzen, wie wir atmen.«

Die Musik war jetzt sehr laut. Frau Struwe legte sich die flache Hand auf den Bauch und schloss für ein paar Se-

kunden die Augen, als würde sie tief in sich hineinhorchen.
Lilli machte es ihr nach – und dann tanzte sie.

Als Lilli aus dem Tanzstudio kam, schneite es und Lilli fühlte sich so leicht wie die schwebenden Flocken.
Sie schlang sich das seidene Sternentuch um den Hals, wandte sich nach rechts und ging Richtung Bolzplatz. Noch immer hatte Lilli die Musik im Ohr. Die Menschen, die sich auf dem Bolzplatz und dem Spielplatz daneben tummelten, schienen sich im Takt zu bewegen. Und als würden sie dem gleichen Rhythmus folgen, glitten dick in Schneeanzüge eingemummte Kinder die Rutschbahn hinunter.
Plötzlich blieb Lilli stehen. Es war, als hätte sich ein falscher Ton in die Melodie gemischt. Sie sah Ole, der einen Ball vor sich her über den Bolzplatz dribbelte und einen Mann im Wintermantel austrickste, der vergeblich die Arme hochriss. Ole sprang und versenkte den Ball im Basketballnetz. Lilli glaubte sogar, seinen Freudenschrei aus dem allgemeinen Lärm herauszuhören. Ole und der Mann im Wintermantel klatschten sich ab und gingen dann los.
Ole hatte schon öfter mal von einem Basketballverein geredet, vom *BV Fast break* oder so ähnlich. Vielleicht war der Mann ja ein Trainer auf der Suche nach jungen Talenten.
Je näher Lilli kam, desto deutlicher spürte sie Oles Spielfreude. Lilli verlangsamte ihre Schritte. Durch die kahlen Zweige der Büsche, die den hohen Zaun um den Bolzplatz

herum säumten, sah sie, wie sich Ole und der Mann im Wintermantel den Ball zuwarfen und sich dabei zur anderen Seite des Platzes hin entfernten.

Obwohl die beiden längst im Schneegestöber verschwunden waren, stand Lilli noch immer am Zaun. Sie dachte an das Kniffelspiel, an die Schneeballschlacht an der Schule und an das Rodeln auf der Weiherwiese. Sie konnte noch so sehr grübeln, ihr fiel nichts ein, wobei sie Ole glücklicher gesehen hätte als gerade eben.

Es hatte geschneit, als wollte es nie mehr aufhören. Aber seit zwei Stunden schien wieder die Sonne. Lilli hatte den Sonntag kaum erwarten können. Endlich wieder mal ein Bandentreffen auf der Weiherwiese.

Bussi und Birdie erprobten im Hühnergarten Tiefschneehüpfen, kapitulierten aber bald und hielten sich schließlich nur noch in dem kleinen Gebiet auf, das Lilli, Bob und Very freigeschaufelt hatten. Als Anregung fürs Eierlegen kullerten sie den beiden Hühnern eiförmige Schneebälle vor die Füße. Aber Bussi und Birdie pickten nur ärgerlich darauf herum und die *Wilden Küken* rollten lieber Rieseneier über die Wiese. Das von Lilli war schon so schwer, dass sie es kaum mehr bewegen konnte. Und die unförmige Schneekugel, mit der Bob und Very sich abmühten, war garantiert doppelt so groß. Immer langsamer bewegten sich die beiden Schneeungetüme aufeinander zu. Lilli stemmte sich mit dem Rücken gegen ihre Kugel und sank kraftlos in den Schnee.

Mit den Zähnen zog sie sich den nassen Handschuh von der Hand und stopfte ihre Locken zurück unter ihre Mütze. Neben der anderen Kugel lagen Bob und Very erschöpft am Boden.

»Ich hab dich gestern mit Blumen gesehen«, sagte Lilli keuchend. »Vom wem hast du die denn bekommen?«

»Von niemand«, antwortete Very ausweichend.

»Und wo warst du bei der Operation Giulia?«, hakte Lilli nach.

»Das hab ich euch doch schon gesagt.« Very klopfte sich ihren Schneeanzug ab.

Gleichzeitig tauchte über Lilli Bobs rundes Gesicht auf. »Giulia und Justin sind übrigens wieder zusammen!« Bob robbte auf den Schneekugeln noch weiter nach vorne. »Sie will noch vor Weihnachten zu ihm ziehen. Also Weihnachten wollen beide natürlich bei uns feiern, aber wohnen wird sie schon bald woaaaaaanders.«

Bob rutschte ab und landete kopfüber neben Lilli im Schnee.

»Los!« Very kickte abwechselnd gegen Lillis und Bobs Stiefel. »Auf, sonst wird das nie ein Schneemann.«

»Das wird auch kein Schneemann«, sagte Lilli.

»Sondern?«, fragten Bob und Very wie aus einem Mund.

Lilli schlüpfte wieder in den Handschuh und grinste. »Na, ein Schneehuhn natürlich.«

Und das wurde es auch. Doppelt so groß wie Bob mit einem Schilfkolben als Schnabel und Augen aus blauen Weintrau-

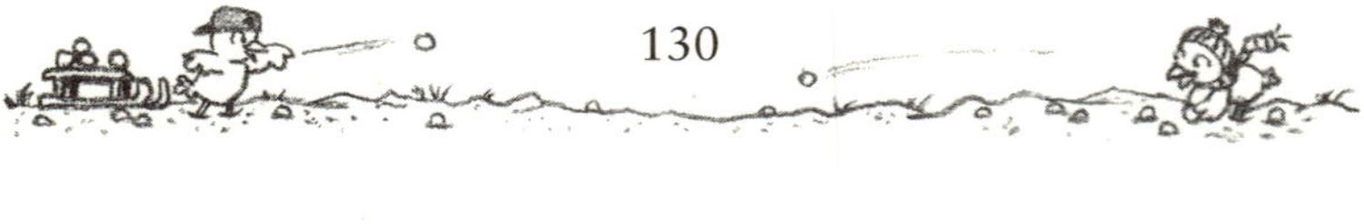

ben. Für den roten Hühnerkamm musste Lillis Mütze herhalten.
Stolz zeigten sie Bussi und Birdie die Riesenhenne und brachten die Junghühner dann zurück in ihre mit frischem Stroh ausgestattete Kükenkajüte, wo Bob und Very sie mit den Mehlwürmern fütterten, die Bob am Vortag in der Tierhandlung gekauft hatte. Die Würmer bewegten sich noch und Bussi und Birdie pickten gierig danach.
Lilli war fast sogar ein wenig erleichtert, dass sie kein eigenes Huhn zu versorgen hatte. Schon allein vom Zusehen wäre sie am liebsten Vegetarierin geworden.
»Du hast einen heimlichen Freund, stimmt's?« Bob schielte zu Very hinüber, aber die tippte sich nur an die Stirn.
»Lasst uns ein bisschen spionieren gehen«, schlug Lilli vor. »Vielleicht kriegen wir raus, was die *Olme* als Nächstes geplant haben. Schnee gibt's ja wieder genug!«

Sie rochen das Grillfeuer der Jungs schon, als sie über den Schlangenbach balancierten.
Am Ufer sah man deutlich die Spuren der vergeblichen Versuche, den umgefallenen Baumstamm wegzuschieben, der wie eine Brücke über dem Bach lag.
»Achtet auf den Weg«, warnte Lilli. »Nicht, dass sie wieder irgendwo eine Falle gebaut haben.«
Aber die *Wilden Küken* fielen weder irgendwo hinein, noch fiel irgendetwas auf sie herab. Unbeschadet kletterten sie jenseits des Keltenbuckels den Hügel hinauf, sodass sie di-

rekt auf der Kuppe oberhalb der Olmgrotte ankamen. Gebückt schlichen sie durch das niedrige Gestrüpp. Jedes leise Geräusch, das die Zweige auf ihrer Winterkleidung verursachten, machte sie nur noch vorsichtiger. Wie drei Mehlwürmer krochen sie das letzte Stück, stets darauf bedacht, kein Schneegeriesel auszulösen.

Mucksmäuschenstill lagen sie am Abgrund.

Lilli hob ganz leicht den Kopf und sah den kleinen palisadenumzäunten Platz unter sich. Drei Gestalten saßen um ein kleines Grillfeuer herum. Wieder versetzte ihr der jämmerliche Zustand des Bandenquartiers der *Olme* einen leisen Stich. In den stinkenden Rauch mischte sich ein appetitlicher Duft. Lillis Magen knurrte. Bob legte den Finger an die Lippen und warf ihr einen bösen Blick zu. Als könnte man einem Magen den Mund verbieten.

Ole, Mitch und Little hielten auf Stöcke gespießte Marshmallows über die Glut.

Little klopfte an seine Jackentasche. »Ich hab meine Zahnbürste dabei.«

Mitch drückte Ole seinen Stock zum Halten in die Hand und griff sich einen kleinen Plastikkanister mit flüssigem Grillanzünder. »Das ist ja kein Feuer, sondern ein Furunkel.«

Lilli vernahm neben sich ein genervtes Flüstern von Very. »Ein Furunkel ist doch kein zu kleines Feuer.«

Und gleichzeitig ertönte von unten eine Mädchenstimme, die Lilli erstarren ließ.

»Ein Furunkel ist ein Riesenpickel und kein zu kleines Feuer.« Enya kam mit einer Tüte Marshmallows aus der Felsnische heraus und gesellte sich zu den Jungs.
»Super, Nachschub!«, jubelte Mitch.
»Typisch Jungs, denken nur ans Essen!«, wisperte Bob. Und diesmal war es ihr eigener Magen, der knurrte.
Mitch schüttelte den Grillanzünder und machte dabei sein Heldengesicht. »Egal, ob da Plutonium, Dynamit oder explosive Riesenfurunkel drin sind. Damit werde ich uns jetzt mal ordentlich einheizen.«
»Lass den Quatsch!« Enya spießte ein Marshmallow auf.
Mitch blickte kurz zum Boss der *Grottenolme*.
»Sie hat recht«, sagte Ole. »Wir sind hier nicht im Kino!«
Etwas enttäuscht ließ Mitch den Kanister neben seinen Nylonrucksack in den Schnee plumpsen und Ole gab ihm seinen Spieß zurück.
Ein paar Minuten lang herrschte Schweigen. Lilli merkte, wie ihr der Fuß einschlief.
»Wie geht es eigentlich deinem Vater, Mitch?«, fragte Ole. Aber genau in diesem Augenblick fing Mitchs Marshmallow zu brennen an. Mitch pustete, wovon die Flamme allerdings nur noch mehr angefacht wurde.
Mitch, Enya, Ole und Little redeten durcheinander: »Tolle Fackel«, »Löschen«, »Wirf es in den Schnee«, »Jemand muss die Feuerwehr rufen!«
Aber Mitch wedelte nur wie wild mit seiner Fackel durch die Luft, bis das Marshmallow sich plötzlich vom Stock

löste und als Feuerball in hohem Bogen durch die Luft flog.
Eine Sekunde herrschte absolute Stille, dann brach das Geschrei erneut los. Das Marshmallow landete auf Mitchs Rucksack, der sofort Feuer fing. Mitch versuchte, das Feuer auszutreten, trat dabei aber auf den Kanister und ein Strahl Grillanzünder brachte sogar den Schnee rund um Mitchs Rucksack zum Brennen.
»Wir müssen ihnen helfen!« Lilli wollte sich schon aufrichten, aber Bob hielt sie am Arm fest.
Enya hatte geistesgegenwärtig eine Decke aus der Höhle geholt und erstickte damit das Feuer.
Mitch starrte Enya mit offenem Mund an und Ole klopfte Enya auf die Schulter. »Echt grottenstarke Aktion, Enya.«
O wie Ole, dachte Lilli, L wie Little, M wie Mitch und E wie Enya. O-L-M-E. *Olme!*
Da stupste Very sie an und zeigte hinunter zum Waldweg hinter dem Dickicht, in dem neulich ihr Schlitten versteckt war. Von dort näherte sich Frau Roland. »Ole?«, rief sie schon von Weitem. »Ihr kommt jetzt sofort nach Hause!«
Weder die drei *Grottenolme* noch Enya gaben einen Mucks von sich. Ole hielt seinem Bruder zur Sicherheit den Mund zu.
»Linus?«, rief Frau Roland. »Ich rieche doch das Grillfeuer.«
Und wenig später zwängte sie sich durch den Palisadenzaun.

Sie stemmte die Hände in die Seiten und ihr Blick wanderte von ihren beiden Söhnen zu Mitch und Enya.
»Ihr löscht jetzt sofort den Grill!«
Enya reagierte als Erste.
»Wir hatten vereinbart, dass ihr euch nicht mehr hier trefft. Es ist zu kalt und zu gefährlich. Wenn sich eine Lawine löst oder ein Erdrutsch.« Sie zeigte hoch zur Kuppe, wo sich drei Köpfe, um nicht entdeckt zu werden, tief in den Schnee drückten.
»Wenn ihr euch nicht an unsere Abmachungen haltet, weht ab jetzt ein anderer Wind.«
»Und wo sollen wir unsere Bandentreffen abhalten? Bei mir geht es nicht«, brummelte Mitch.
»Meinetwegen trefft euch im Gemeinschaftsraum von Gut Feldberg, aber nicht mehr hier. Und jetzt ab nach Hause. Und ab morgen geht Ole wieder zur Nachhilfe.«
Frau Roland wandte sich zum Gehen und wartete, bis die vier ihre Sachen zusammengepackt hatten.
Hinter ihrem Rücken zeigte Ole seiner Mutter den hochgestreckten Mittelfinger, dann trotteten alle wie ein Trupp armer Sünder hinter Frau Roland her. Little ging neben Mitch und Enya neben Ole.

Lilli zurrte die Schnürsenkel fest und bewegte ihre Zehen in den schon sehr alten Leihschlittschuhen. Das weiße Leder war abgewetzt, eine Öse ausgerissen und die Schnürsenkel hatten unterschiedliche Farben, aber im Gegensatz zu dem Paar, das sie bei ihrem ersten Versuch trug, passten ihr diese schon etwas ramponierten Schlittschuhe wie angegossen.

Noch drehten nur wenige Schlittschuhläufer ihre Kreise. Lilli war gut eine Stunde eher zur Eisbahn gekommen, als mit Bob und Very verabredet.

Einen Augenblick blieb sie mit geschlossenen Augen auf der Bank an der Bande sitzen und konzentrierte sich auf die Musik aus den Lautsprechern. Lilli legte ihre flache Hand auf den Bauch, atmete im Rhythmus und stieß sich ab. Eins, zwei, drei, ta, ta, ta, hm, hm, hm ... Konzentriert setzte sie einen Fuß vor den anderen, beugte sich etwas nach vorne und verschränkte die Arme hinter dem Rücken, wie es eine etwas ältere Eisläuferin tat, die elegant ihre Runden drehte.

Lilli glitt übers Eis, die Kufen schienen ihr diesmal viel feste-

ren Halt zu geben und sie fühlte sich immer leichter ... und fiel auf ihr Hinterteil. Aber Lilli stand sofort wieder auf und wagte einen neuen Versuch. Und wenn sie noch hundertmal hinfiel, sie wollte das jetzt lernen. Lilli gab nicht auf, und als sie fast eine Stunde und mindestens sieben blaue Flecken später auf Kufen den Kunststoffteppich zum Schlittschuhverleih hochstakste, waren ihre Beine schwer wie Blei. Sie verschnaufte einen Augenblick erschöpft und stolz zugleich auf den leeren Tribünenplätzen.

Unten fuhr eine Horde Eishockeyspieler johlend aufs Eis. Erst sausten sie alle kreuz und quer durch die Eishalle, versammelten sich dann aber tröpfchenweise auf dem mit der rotweißen Flatterleine abgesperrten Areal. Der Trainer kontrollierte eine Liste. »Ole, wo ist denn Mitch?«, rief er ziemlich laut, nachdem mehrmals niemand auf ihn reagiert hatte.

Lilli kniff die Augen zusammen. Erst jetzt erkannte sie Ole unter den Spielern.

Ole nahm den Eishockeyhelm ab. Lilli konnte nicht verstehen, was er zum Trainer sagte, aber offensichtlich erklärte er Mitchs Abwesenheit. Der Trainer notierte etwas auf der Liste, pfiff dann durch seine Trillerpfeife und fing mit dem Aufwärmtraining an.

Lilli stelzte auf den Schlittschuhen bis zur Sitzbank beim Schlittschuhverleih und zog sie aus. Dann reichte sie sie Gelatino. »Legst du die bitte für mich zurück? Ich muss nur schnell aufs Klo!«

Mit nach Seife duftenden, aber mangels Papiertüchern nassen Händen kam Lilli aus der Toilette und fast gleichzeitig öffnete sich die Tür neben ihr und Enya erschien. Sie blickte sich verstohlen um und steuerte auf den Ausgang zu.

»Wo schleichst du denn rum?«, fragte Lilli und trocknete sich die Hände mit einem Taschentuch.

Enya lachte laut und etwas unsicher. »Wieso? Hey, das war doch voll krass, dass die Schley so kurz vor den Weihnachtsferien noch einen Mathetest schreibt, oder?«

Ihre Augen glänzten noch dunkler als ihre Haare und sie redete und redete. Lilli merkte, dass Enya ziemlich nervös war. Sie nickte und Enya holte Luft. Einen langen Augenblick schwiegen sie sich an.

Lilli musste daran denken, was Ole im Bandenquartier der Jungs zu Enya gesagte hatte. »Echt grottenstarke Aktion, Enya.« Bei den *Grottenolmen* war vieles grottenscharf oder voll grottig. Oder auch grottenhässlich. Das hatte Ole vor langer Zeit einmal zu Lilli gesagt.

»Also, Lilli … Was ich dich schon lange fragen wollte …« Enya biss sich auf die Lippen. »Also, ob ich … ob ihr nicht noch …«

»Was?« Lilli warf das Taschentuch in einen Abfallkorb.

»Also, ob ihr nicht noch ein *Wildes Küken* brauchen könnt?« Enya lächelte, aber ihre Augen huschten dabei unruhig hin und her.

Lilli starrte Enya an. »Spinnst du jetzt total?«

Enya schluckte kurz, drehte sich um und lief durchs Foyer davon.
Lilli blickte ihr hinterher. Was bildete Enya sich bloß ein? Sie gehörte doch schon halb zu den *Grottenolmen.* Und jetzt wollte sie sich auch noch bei den *Wilden Küken* einschleichen? Vielleicht steckte sie mit den *Olmen* unter einer Decke und sie hatte vor, die Mädchenbande auszuspionieren! Kopfschüttelnd wollte Lilli wieder zurück zur Eisbahn gehen, da fiel ihr Blick auf die Tür, durch die Enya gekommen war. Sie war nicht beschriftet. Lilli drückte vorsichtig die Klinke und lugte hinein. Es war die Garderobe vom Eishockeyverein. Da Lilli niemanden sehen konnte, nahm sie all ihren Mut zusammen und schob sich durch die Tür. Die Garderobenhaken hingen voller Klamotten, bunte Rucksäcke lagen herum, ein ganzer Strauß Eishockeyschläger ragte aus einem aufgestellten Stück Betonrohr. Die zum Teil verbeulten Spindtüren waren mit Graffiti übersät. Es roch nach einem Gemisch aus Deo und Schulturnhalle. An einem Haken in der Ecke entdeckte Lilli Oles dunkelbraune Lederjacke. Kurz berührten Lillis Finger den weichen Pelzkragen. Sie wollte schon wieder gehen, bevor sie hier drin noch jemand erwischen würde, da fiel ihr Blick auf einen rosaroten Haftzettel an einer Spindtür. Der Zettel klebte direkt unter Oles Namensschild. Auf den Zettel war ein Schiff gekritzelt, darunter stand *15.45 Uhr.* Und dann noch *E.*
Das war eindeutig eine Nachricht von Enya an Ole. Lilli

schlich sich aus dem Umkleideraum. In ihrem Kopf ratterte es. Mit dem Schiff konnte nur die *Mystery* gemeint sein. Unschlüssig stand sie herum und malte sich die wildesten Fantasien aus, doch plötzlich riss sie eine Stimme aus ihren Gedanken.

»Wovon träumst du denn?«

»Bob?« Lilli drehte sich um und sah ihre Freundin überrascht an.

»Wen hast du denn erwartet?«

Lilli zuckte die Schultern.

»Erde an Lilli, Erde an Lilli. Verstehen Sie mich?« Bob wedelte mit den Fransen ihres Schals vor Lillis Gesicht.

»Wie spät ist es denn?«

»Halb drei. Ich bin auf die Minute pünktlich! Guck mal ...« Bob zog sie mit sich und klopfte auf die Schlittschuhe, die um ihre Schultern hingen. »Das sind die alten von Giulia. Sie hat von Justin neue gekriegt. Die beiden wollten eigentlich auch hier sein.«

Sie standen vorm Schlittschuhverleih und sahen sich um.

»Da sind sie ja!«, rief Bob und zeigte auf ein Paar, das Arm in Arm im Gleichschritt über die Eisfläche glitt.

Bob knuffte Lilli. »Irgendwie ist dein Plan doch noch aufgegangen.« Sie machte einen Kussmund und das entsprechende Geräusch dazu. »Los jetzt, ab auf die Bahn!«

Lilli holte sich ihre Schlittschuhe von Gelatino, dessen Blick auf Giulia haftete, die ihren Kopf lachend an Justins Schulter lehnte. Gelatino schien nicht gerade zum Lachen zumute zu sein, bemerkte Lilli besorgt. Doch dann huschte ein Grinsen über sein Gesicht.

»Woaßt, Lilli ... I halt sowieso nix von da oanzigen großn Liebe!« Zwinkernd schaute er auf zwei kichernde Japanerinnen, die sich schon länger an seinem Stand aufhielten.

Eine gute halbe Stunde liefen Lilli und Bob Schlittschuh, aber Lilli konnte sich nicht konzentrieren, weil sie dauernd zu den Eishockeyspielern hinüberschauen musste. Sie wollte Ole auf keinen Fall aus den Augen verlieren.

»*Attenzione*, Lilli!«, rief plötzlich Bob hinter ihr. Aber da war es schon zu spät. Lilli fuhr mit einer Kufe auf eine Bonbontüte, die auf dem Eis lag, und fiel der Länge nach hin. Giulia und Justin eilten herbei und gemeinsam mit Bob halfen sie Lilli wieder auf die Beine.

Bob setzte sich mit ihr auf die Tribünenbank, kramte ein kleines Pflaster aus ihrer Jackentasche und klebte es Lilli auf die linke Handfläche. »Tut's noch weh?«

Lilli schüttelte den Kopf. »Es hat ja nicht mal geblutet.«

Bob schob den Jackenärmel hoch und schaute auf die Uhr. »Scheint so, als hätte Very uns echt schon wieder versetzt.«

Während Bob weiterredete, hielt Lilli vergeblich Ausschau nach den Eishockeyspielern. Der Trainer wickelte gerade das rotweiße Absperrband auf.

Bob rieb sich die Nase. »Was hältst du davon, wenn wir zu mir fahren und schon mal Giulias Zimmer ausmessen? Wenn das so weitergeht ...«, sie zeigte auf Giulia und Justin, die inzwischen knutschend auf der Tribüne hockten, »... kann ich mich bald ans Einrichten machen.«

Kurz überlegte Lilli, ob sie Bob von ihrer Entdeckung erzählen sollte, doch dann bückte sie sich nach Bobs Schal, der heruntergefallen war, und sagte: »Ich wollte heute eigentlich noch raus zu den Hühnern.« Sie überschlug die Zeit im Kopf. »Aber ich könnte gegen fünf bei dir vorbeikommen.« Sie wickelte Bob den Schal um den Hals. »Also, bis dann!«

Draußen erwischte Lilli sofort einen Bus. Sie atmete auf. So würde sie es rechtzeitig zur *Mystery* schaffen. Sie versuchte, ihre Gedanken zu ordnen und ihr schlechtes Gewissen zu beruhigen. Wieso nur hatte sie Bob nicht eingeweiht? Lillis Hand tastete nach dem Handy in ihrer Tasche. Sollte sie Bob noch Bescheid sagen? Oder einfach Schiffsalarm geben?

Lilli war so in Gedanken, dass sie gar nicht darauf geachtet hatte, wie oft der Bus schon angehalten hatte und wo sie sich nun befand. Erleichtert stellte sie fest, dass sie erst bei der nächsten Station aussteigen musste. Aber kaum hatte sie sich etwas entspannt, durchfuhr sie ein jäher Schreck. Unter den neu zugestiegenen Fahrgästen waren Very und Mitch. Die beiden setzten sich in die hinterste Reihe. Lilli duckte sich und spähte zwischen den Sitzlehnen hindurch vorsichtig nach hinten.

Immer wieder steckten Very und Mitch aufgeregt tuschelnd die Köpfe zusammen.

Es gelang Lilli, sich hinter anderen Fahrgästen vorbeizuschieben und an der nächsten Haltestelle unbemerkt auszusteigen. Sie warf einen kurzen Blick zurück. Hatte sie sich getäuscht oder hatte es wirklich so ausgesehen, als hielten Mitch und Very sich an den Händen?

Der Bus fuhr davon, Lilli drückte sich hinter das Wartehäuschen und wusste nicht, was sie mehr empörte: der Verrat von Very oder die Tatsache, dass Ole und Enya zu einem Rendezvous auf der *Mystery* verabredet waren.

Aber sie hatte nicht viel Zeit nachzudenken, denn gegenüber hielt der Bus, in den sie umsteigen musste, wenn sie noch rechtzeitig an der Weiherwiese ankommen wollte.

Lilli stieg eine Station vor Gut Feldberg aus. Sie wollte nicht den Waldweg entlanglaufen, der von Gut Feldberg aus vorbei am Bandenquartier der *Grottenolme* zum Keltenbuckel bis runter zum Schlangenbach führte. Also folgte Lilli knappe fünf Minuten der Straße nach Gut Feldberg und bog dann ab in den Feldweg. Im Sommer hätte sie querfeldein abkürzen können, aber bei Schnee würde das zu viel Zeit kosten. Auf dem Feldweg hingegen fuhr öfter ein Bauer mit seinem Traktor, sodass Lilli der festgefahrenen Reifenspur folgen konnte.

Das Schneehuhn stand auf der Weiherwiese, als würde es die *Mystery* bewachen. Trotz der weißen Schneedecke wirkte alles grau und duster. Schwere Wolken bauschten sich über dem Keltenwald.

Mit jedem Schritt über die Weiherwiese wuchs die Hoffnung in ihr, dass alles ein Irrtum war. Dass Ole und Enya nicht im Bauch des Schiffes hockten und … Was hatten sie wohl vor? Dass es sich um eine Bandenaktion der *Grottenolme* handelte, war ziemlich unwahrscheinlich, denn dann wären auch Little und Mitch mit von der Partie. Aber Mitch fuhr Händchen haltend mit Very Bus. Daher lag es näher, dass Ole … Vor Lillis Augen kreisten Bilder aus Filmen und Zeitschriften, sie sah Luisa und ihren Vater vor sich und natürlich auch Ole und Enya.

Lilli ärgerte sich über Enya und noch mehr über sich selbst. Wieso nur machte es sie so rasend, wenn die beiden auf Lillis Schlitten fuhren oder sich heimlich verabredeten?

»Ist mir doch egal, schnurzpiepegal«, murmelte Lilli vor sich hin. »Schnurzpiepscheißegal!«

Aber das war es nicht.

Lilli stand neben dem Schneehuhn und kaute nervös auf der Kordel ihrer Kapuze herum. Auf ihrem Handy war es 15.49 Uhr. Vom Schiff her war nichts zu hören. Lilli überlegte. Sollte sie einfach nach Hause gehen und das hier alles vergessen?

Vor ihren Füßen lag eine blaue Weintraube und Lilli bückte sich. Das Schneehuhn hatte ein Auge verloren. Vorsichtig drückte Lilli die gefrorene Frucht wieder in die Augenhöhle des Riesenhuhns, da blitzte in ihrem Augenwinkel ein Licht auf. Hatte Lilli sich getäuscht? Nein, da war es schon wieder. Als würde das Bullauge der *Mystery* für Sekunden aufleuchten. Es war kein Traum und kein Irrtum: Der Lichtkegel einer Taschenlampe musste das Bullauge gestreift haben. Ole und Enya waren also an Bord.

Lilli huschte bis zum Steg. Der pulvrige Schnee verschluckte jedes Geräusch ihrer Schritte. Unbemerkt die Leiter hochzuklettern, war da schon eine wesentlich größere Herausforderung. An Bord musste Lilli jeden ihrer Schritte noch sorgfältiger setzen, damit sie unter Deck nicht zu hören waren.

In plötzlicher Sorge um Bussi und Birdie warf Lilli einen Blick in die Kükenkajüte. Schläfrig hockten sie in ihren Nestern. Verblüfft stellte Lilli fest, dass der Futternapf frisch gefüllt war. Schlaglichtartig sah sie die Szene vor sich: Ole und Enya klettern an Bord und Ole zeigt Enya das Schiff. Und natürlich entdeckt Enya sofort die Hühner. Sie findet sie süß und will sie streicheln und füttern. Und natürlich hüpft die dumme Birdie sofort in Enyas hingehaltene Hände.

Immer wilder kochte in Lilli der Brei aus gemischten Gefühlen.

Ein leises Knarren aus dem Bauch des Schiffes brachte Lillis Gedankenmaschine zum Stoppen. Sie duckte sich und blieb wie erstarrt. Nur die Kordel ihrer Anorakkapuze baumelte hin und her.

Lilli hörte, wie unten etwas polternd beiseitegerückt wurde. Kurz darauf ertönte Musik. Lilli erkannte den Klang von Bobs klapprigem Batterieradio. Jetzt hörten die da unten auch noch Liebeslieder, ging es ihr durch den Kopf.

Für einen Augenblick glühte der Spalt der Luke im gelben Licht der unten herumwandernden Taschenlampe auf.
Wie von selbst zog ihre Hand die Kordel aus der Kapuze. Lautlos bückte sie sich über die Luke und fädelte die Kordel durch die beiden Metallösen. Lilli machte drei Knoten und der Gefühlsbrei in ihr verwandelte sich in Triumph.

Ohne zu zögern, rannte Lilli am Schneehuhn vorbei über die Weiherwiese. Sie hatte Glück. Völlig aus der Puste erwischte sie gerade noch den Bus zurück Richtung Stadt.

Aber bereits als sie sich hinten in den Bus gesetzt hatte, von dem Sprint und der Aufregung noch ganz erhitzt, fingen leise Zweifel an, in ihr zu nagen.

Und dieses Nagen hörte auch nicht auf, als Lilli mit einem Zollstock in der Hand in Giulias Zimmer stand und mit Bob über Regale, Teppiche und orangefarbene Vorhänge redete.

Lilli maß den Abstand zwischen Tür und Zimmerecke. »Ist ziemlich heiß hier drin.«

»Findest du?« Bob berührte die Fensterscheibe. »Eisig draußen. Wird eine kalte Nacht. Vielleicht friert sogar der Weiher zu und wir können bald darauf Schlittschuh laufen!« Sie hockte sich mit dem Rücken an den Heizkörper. »Ich weiß genau, wie mein Zimmer wird.« Sie zeigte auf die schwarzen Balken des hohen Mansardenzimmers. »Die male ich alle hellblau an. Und ich brauche einen großen Schrank für meine Klamotten und allen Krimskrams.« Sie hob ein verknittertes Nachthemd von Giulia hoch. »Ich mag es nicht, wenn überall Zeug rumliegt.«

Lilli rutschte neben Bob und fuchtelte mit dem ausgeklappten Zollstock durch die Luft.

»Warst du schon mal verliebt? Also mit Küssen und so?«

Eigentlich wollte Lilli erzählen, wie clever sie den Boss der *Grottenolme* und Enya überlistet hatte, aber dann war ihr einfach diese dumme Frage über die Lippen gekommen.

Bob schüttelte den Kopf. »Verliebt schon. Aber nicht mit Küssen. Also nur darüber nachgedacht.«

Der Zollstock in Lillis Händen wippte auf und ab. »Und in wen?«

»Und du?«, fragte Bob, anstatt zu antworten.

Da ging die Tür auf und Very kam herein.

»Hi, Mädels!« Very strich sich eine ihrer blonden Strähnen hinters Ohr, die sofort wieder nach vorne glitt. »Das wird also dein neues, wie nennt Lilli das, Refugium.«

Bob nickte und setzte zum Sprechen an, aber da war Lilli auch schon aufgesprungen und zischte nur ein einziges Wort in Verys Gesicht. »Verräterin!«

»Bist du jetzt total plemplem, oder was?« Very legte den Kopf schräg und suchte Lillis Blick.

Bob schob sich zwischen die beiden. »Was ist denn mit euch los?«

Kurz herrschte eine Stille zum Zerspringen, bis es aus Lilli herausplatzte: »Ich bin hier doch die Einzige, die noch an die Bande denkt. Euch sind die *Wilden Küken* ja egal.

Du hast nur dein neues Zimmer im Kopf und Very ist in Mitch verknallt. Kein Wunder, dass sie keine Zeit mehr für uns hat, wo sie immer mit einem *Grottenolm* rumhängt!«

Very drehte sich wortlos weg und ging. Mit leisem Knarren schloss sich langsam die Tür hinter ihr.

Bob musterte Lilli. »Was ist passiert?«

»Während euch alles am Arsch vorbeigeht, hab ich Ole und Enya eingesperrt.«

»Eingesperrt? Ole und Enya?« Bob blickte skeptisch drein.

»Auf der *Mystery*. Die beiden haben dort rum…« Lilli stockte mitten im Wort. »Rumspioniert oder so!«

Bob schüttelte den Kopf. »Das kann nicht sein. Zumindest nicht Enya.«

»Ich hab aber in der Eishalle eine Nachricht von ihr gefunden. Für Ole.«

»Ich weiß nur, dass Enya vorhin unten in der Eisdiele einen Panettone gekauft hat …«

Lilli starrte Bob immer verwirrter an.

»Du weißt schon, unsere italienischen Weihnachtskuchen. Fünf Minuten, bevor du hier warst.«

»Dann war das eben Ole allein.« Lilli schnappte sich ihren Anorak und rannte aus dem Zimmer. »Meinetwegen kann er in der *Mystery* hocken, bis er schwarz wird.« Sie stolperte die Treppe hinunter und stürmte an der Nonna vorbei durch die *Gelateria* nach draußen in die eisige Winterluft.

Ich mache es wie Mama, dachte Lilli und stapfte trotzig über einen Schneewall. Ich hau ab und werde Tänzerin! Aber Lilli haute nicht ab und fuhr auch nicht nach Hause.

Die Fahrt kam ihr endlos vor, dabei dauerte sie gerade mal eine Viertelstunde. Und so stieg Lilli schon zum zweiten Mal an diesem Nachmittag an der gleichen Bushaltestelle aus und lief Richtung Weiherwiese.

In den Lärm des weiter bergauf fahrenden Busses mischte sich der Klingelton von Lillis Handy. *Nachricht von Bob*, las Lilli auf dem Display und drückte auf öffnen. Ein einziges Wort leuchtete auf: *EISALARM!*

Im Bandenbuch der *Wilden Küken* waren verschiedene Arten von Alarm verzeichnet. Da gab es Schiffsalarm, was bedeutete, dass alle *Wilden Küken* sofort zum Bandenquartier kommen sollten, es gab Kükenalarm, mit dem die *Wilden Hühner* die *Wilden Küken* zu sich beorderten, und es gab Bobalarm, Lillialarm und Veryalarm. Aber einen Eisalarm suchte man im Bandenbuch der *Wilden Küken* vergebens.

Lilli steckte das Handy ein und beschleunigte ihre Schritte. Je mehr sie sich der *Mystery* näherte, desto mehr Sorgen wirbelten ihr durch den Kopf. Hätte sie vorhin wenigstens den Strom angestellt, dann hätte Ole den Radiator einschalten können. Lilli konnte ihn doch nicht erfrieren lassen! Sie würde Ole befreien und er würde sich entschuldigen. Für das Rumschnüffeln in der *Mystery* und für die Sache auf der Eisbahn und Lilli würde ihm verzeihen und seine kalten Hände wärmen.

Als Lilli auf die *Mystery* kam, war die Kordel abgerissen und die Luke stand offen. Lilli hörte das kleine Batterieradio dudeln. War Ole noch da unten? Leise kletterte Lilli durch die Luke. Das Radio stand neben einer der Kojen am Boden. Lilli wagte nicht zu atmen. Unter den Steppdecken schien jemand zu liegen. Mit klopfendem Herzen näherte Lilli sich der Koje. »Ole«, flüsterte sie und berührte die Decke. Aber was sie für Oles Schulter gehalten hatte, war nur eine der zusammengerollten Isomatten. Hier war niemand mehr. Lilli drehte das Radio ab und stieg wieder nach oben.

Und dann entdeckte sie Ole. Er hockte mit dem Rücken zu Lilli auf dem alten Gatter des Weidezauns und lauschte in sein Handy. Der Schein des Displays fiel auf den hochgeschlagenen Pelzkragen seiner Lederjacke.

Im Näherkommen fühlte Lilli geradezu, wie sehr er gefroren haben musste. Mit zitternder Hand schob er das Telefon in die Jackentasche.

»Hey!«, flüsterte Lilli.

Ole zuckte erschrocken zusammen.

»Ich bin's nur. Lilli.« Ihre Wange berührte den Pelzkragen seiner Jacke und wie von selbst schlangen sich ihre Arme um seine Schultern. Lilli tastete nach seiner Hand, aber da fuhr er mit solcher Wucht herum, dass Lilli rücklings im Schnee landete. Lilli blieb die Luft weg und zugleich erkannte sie ihren Irrtum. Es war nicht Ole, der jetzt den Hügel zum Keltenwald hinaufrannte, sondern Little.

Im dunklen Bauch der eisigen *Mystery* hockte Lilli auf dem kalten Radiator und stierte auf ihre Handyuhr. Unendlich langsam vergingen die Sekunden.

Lilli hatte nicht mal mehr die Kraft gehabt, den Strom anzuschalten.

Endlich raffte sie sich auf und wählte *Daheim*. Während es tutete, legte Lilli sich die Worte zurecht, die sie auf den Anrufbeantworter sprechen würde. Bitte, Papa, wenn du das hörst, komm und hol mich von der *Mystery* ab.

Es knackte im Hörer und der Anrufbeantworter meldete sich. Aber Lilli hörte nicht ihre eigene und die Stimme ihres Vaters mit den Worten: Hier ist der Anrufbeantworter von Stefan und Lilli Holler. Was Lilli hörte, war die Stimme von Luisa. »Hier ist der Anrufbeantworter von Luisa Wilhelms, Stefan und Lilli Holler.«

Lilli ließ das Handy sinken und versuchte, ihre Gedanken zu ordnen, da öffnete sich über ihr die Luke.

»Lilli, bist du das?«, rief Bob und hielt die Luke auf.

Very kletterte die schmale Schiffstreppe herunter. »Bist du in Ordnung, Lilli? Sag doch was!«

Wenig später hockte Lilli zwischen ihren Freundinnen auf der beheizten Rückbank des Geländewagens von Opa Hinsgen.

Bob legte den Arm um Lilli, und Very erzählte, wieso sie sich mit Mitch getroffen hatte.
»Sein Vater ist in Reha seit seinem Schlaganfall Mitte November.«
»Das wusste ich nicht«, murmelte Lilli erschöpft.
»Anfangs hat er Mitch nicht mal erkannt.« Very schwieg kurz und fuhr dann leise fort. »Mitch hatte Angst davor, seinen Dad in der Klinik zu besuchen. Da hab ich ihn ein paarmal begleitet.« Verys schmale Nasenflügel zitterten. »Mitch hat mir keine Geheimnisse der *Olme* verraten und ich ihm keine der *Wilden Küken*. Das ist die ganze Wahrheit.«
Für kurze Zeit war nur die Musik aus dem Autoradio zu hören.
Dann räusperte sich Bob. »Und ich will euch nur mal im Möbelhaus das Bett zeigen, von dem ich euch erzählt hab.«
»Und ich«, murmelte Lilli. »Ich mache Kreatives Tanzen und muss ständig an meine Mutter denken.«
Lillis Freundinnen nahmen sie links und rechts in den Arm.
»Und was bedeutet Eisalarm?«, flüsterte Lilli nach einer Weile.
»Uns fiel nichts Besseres ein«, antwortete Bob.
»Okay«, Lilli lächelte müde. »Also geben wir ab jetzt Eisalarm, wenn einem *Wilden Küken* das Gehirn einfriert!«
»Oder das Herz«, sagte Very.
Lilli kuschelte sich fester zwischen ihre beiden Freundinnen. »Ich glaub, meins taut grade wieder auf.«

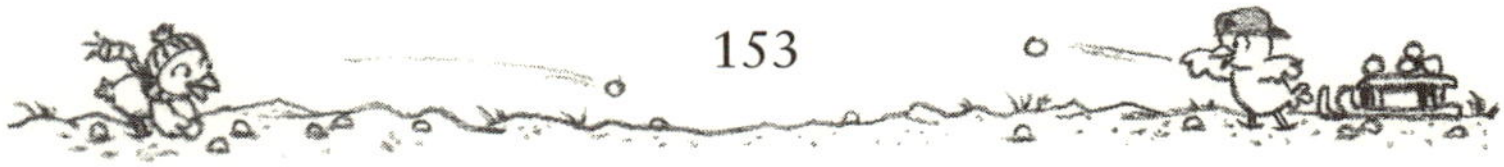

Eine Viertelstunde vor Unterrichtsbeginn schob Lilli die Tür der Schulbibliothek auf und suchte zwischen den Regalen vergeblich nach Little.

»Lilli, guck mal, was ich hier habe!« Die Bibliothekarin winkte mit einem Buch, das Lilli schon lange hatte lesen wollen, das aber jedes Mal, wenn sie danach gefragt hatte, bereits ausgeliehen war.

Auch wenn sie aus einem anderen Grund in die Bibliothek gekommen war, zeigte Lilli ihren Bibliotheksausweis vor und steckte den Wälzer in ihren Schulrucksack.

Sie wollte schon wieder gehen, da sah sie ihn am Fenster sitzen. Little war so in eine Fachzeitschrift vertieft, dass er zusammenzuckte, als sie ihn antippte.

»Wieso erschreckst du mich andauernd?«

Er klappte das Heft zu. *Psychologische Fachzeitschrift*, las Lilli.

»Little, hör mal, das gestern …«

Little sah sie abwartend an und zählte an seinen Fingern die Sekunden ab.

»Das gestern«, wiederholte Lilli. »Das war ein Irrtum!«

Little atmete sichtlich auf. »Im Gegensatz zu echten Gefühlen entsteht ein Irrtum aus falschen Informationen und Rückschlüssen!«

»Am besten«, fuhr Lilli fort, »wir vergessen das Ganze und reden einfach nicht mehr darüber. Mit niemandem.«

Little kramte einen Apfel und ein Butterbrot aus seiner Frühstücksbox. »Ich hab jetzt Hunger!« Genüsslich biss er in das Brot.

Doch Lilli beschäftigte noch etwas anderes. Sie nahm den Stift, der neben der Zeitschrift lag, und zeichnete aus dem Kopf den Zettel nach, den sie gestern an Oles Spindtür vorgefunden hatte. Ein krakeliges Schiff, die Uhrzeit und darunter ein E. »Was bedeutet das, Little?«

»Enya schreibt solche Zettel. Sie und Ole haben doch Nachhilfe in der Arche. Enya, weil sie von einer andern Schule kommt, und Ole wegen seiner schlechten Noten. Aber Ole will nicht, dass das jemand mitkriegt.«

Lilli zog die Stirn kraus.

»Arche, das Jugendzentrum, du weißt schon.« Little redete ganz langsam. »Aaarcheee wie Schiff.«

Lilli wandte sich schon zum Gehen, da fiel ihr noch etwas ein. »Ach ja, Little, sag mal, was hattest du eigentlich dort zu suchen? Auf der *Mystery*?«

»Ich habe dort …«, fing Little an, arglos zu antworten, verstummte dann aber abrupt. »Nichts.« Er wischte sich mit dem Handrücken einen Rest Butter von den schmalen Lippen.

»Find ich cool, dass ihr das durchzieht«, sagte Very, während sie mit Lilli vor dem Musiksaal auf Bob wartete.

Frau Meiling war krank, deshalb hatten sie statt Biologie eine Freistunde.

»Willst du nicht auch mitmachen?«, fragte Lilli. »Du könntest doch eine deiner Cheerleadernummern vorführen.«

»Träum weiter!« Very schüttelte lachend den Kopf.

Da kam Bob auch schon mit ihrem Klarinettenkoffer und dem Schlüssel für den Musiksaal. »Wir sollen ihn der Homolka nachher ins Fach legen.«

Very hockte sich aufs Fensterbrett und schaute Lilli und Bob zu. Bob klappte einen Notenständer auf, und Lilli räumte Stühle beiseite, damit sie genug Platz hatte.

»Am besten kann ich das hier.« Bob begann, auf ihrer Klarinette zu spielen. Lilli lauschte den Tönen und wiegte sich im Rhythmus der Musik.

Erst konnte Lilli sich nicht richtig konzentrieren. Immer wieder schaute sie prüfend zu Very. Aber die lachte nicht über Lillis Versuche, sondern nickte nur aufmunternd. Schließlich vergaß Lilli alles um sich herum und wirbelte den Klarinettentönen folgend durch den Musiksaal. Bis der letzte Ton verklang und Very begeistert applaudierte.

Und als Bob und Lilli sich für weitere Proben verabredeten, bestand Very darauf, wieder dabei zu sein.

»Zu dem Event auf Gut Feldberg kommen sicher jede Menge Leute.« Bob schloss den Musiksaal ab. »Ich hab jetzt schon Lampenfieber.«

»Und ich erst!« Lilli gab Bob den Klarinettenkoffer zurück, den sie kurz für sie gehalten hatte.
»Solang ihr mich als Coach habt«, sagte Very lachend, »kann gar nichts schiefgehen.«
Auf dem Rückweg vom Lehrerzimmer hörten Lilli, Bob und Very von der Treppe her ein höhnisches Gelächter. »Unsere Indianerprinzessin hält sich wohl für was Besonderes.« Das war die Stimme von Mareike.
Und gleich drauf spottete Denise: »Seh ich jetzt genauso bescheuert aus wie du?«
Die *Wilden Küken* liefen die Treppe hoch. Denise zog sich gerade Enyas Stirnband vom Kopf und warf es zu Mareike. Um es zurückzuerobern, sprang Enya zwischen Mareike und Denise hin und her, griff aber immer wieder ins Leere.
Denise warf das Stirnband über Enya hinweg zu Mareike. »Ohne deine Bodyguards stehst du ziemlich allein da, was?«
»Gib das her!« Schon ganz aus der Puste, versuchte Enya, Mareike das Stirnband abzunehmen.
»Wo sind denn jetzt deine *Grottenolme*?« Grinsend wedelte Mareike mit dem Stirnband vor Enyas Nase herum und warf es wieder zu Denise.
Very packte Mareike am Arm. »Zwei gegen eine ist unfair!«
Bob sprang hinzu, schaffte es aber nicht, Denise das Stirnband abzujagen.
Enya hob ihren Schulrucksack auf. »Meinetwegen könnt ihr

es behalten. Strick ich mir eben ein neues!« Enya versuchte, ruhig zu wirken, aber ihre Hände zitterten.
»Ihr gebt Enya jetzt sofort das Stirnband zurück!«, rief Lilli.
Enya blieb überrascht stehen.
»Und warum sollten wir das tun, Oberküken?« Mit verächtlichem Grinsen zwängte sich Denise mit dem Stirnband zwischen Lilli und Enya hindurch und lief mit Mareike die Treppe hoch.
»Vielleicht deshalb!« Lilli kramte ihr Handy aus der Hosentasche.
Mareike und Denise blieben auf dem Treppenabsatz stehen und starrten Lilli an – wie damals im Kaufhaus auf der Rolltreppe.
»Wird's bald, ihr zwei Schneeleoparden?« Lilli winkte mit ihrem Handy.
Mareike und Denise blickten sich kurz an, Denise ließ das Stirnband fallen, und wortlos machten sich die beiden aus dem Staub.
Bob hob das Stirnband auf und gab es Enya.
Die lächelte kurz und verabschiedete sich dann schnell.
»Wieso Schneeleoparden?«, fragte Very.
Lilli wartete, bis Enya verschwunden war, und erzählte dann von ihrem Erlebnis im Kaufhaus. »Zum Glück wissen die Zicken nicht, dass mein Handy gar keine Kamerafunktion hat.«

Am Nachmittag schlenderte Lilli von der Bushaltestelle zum Tanzstudio. Sie freute sich schon auf Frau Struwe und die anderen Mädchen. Vielleicht könnten sie ihr ja noch ein paar Tipps geben. Lilli hatte eine CD mit Bobs Klarinettenstück dabei, weil sie ihren Tanz für das Benefiz-Event vorführen wollte. Leider war das heute schon die letzte Stunde vor der Weihnachtspause.

Eine Mutter balancierte mit ihrer Tochter an der Hand auf dem Schneewall, den der Räumdienst entlang des Bolzplatzes aufgetürmt hatte. Immer wieder rutschten die beiden entweder links oder rechts hinunter und hatten gleichermaßen Mühe wie Spaß daran, nicht hinzufallen. Lilli stellte sich vor, die Frau wäre Nadja und sie wäre die kleine Tochter. Eine Sekunde lang breitete sich eine tiefe Traurigkeit und Stille in Lilli aus. Als wollte sie sich vergewissern, dass sie auch wirklich nicht vergessen hatte, das Bandenabzeichen der *Wilden Küken* umzulegen, tastete sie nach der Hühnerfeder, die sie wie immer an ihrem Lederband um den Hals trug.

Lilli überquerte die Straße und stutzte. An der Ecke, an der die Mutter und die Tochter in eine Seitenstraße abbogen, tauchten Ole und dieser Mann wieder auf, den sie neulich für einen Basketballtrainer gehalten hatte. Die beiden hatten Schachteln mit Essen zum Mitnehmen dabei, setzten sich auf eine Bank und fingen an zu essen. Mit vollem Mund lachte Ole so laut auf, dass Lilli es bis zu sich herüber hören konnte. Und auch der Mann lachte. Beide legten dabei den Kopf schräg nach hinten und schüttelten die Hand, als hätten sie etwas Heißes angefasst. Schlagartig erkannte Lilli, dass das kein Trainer war, sondern Oles Vater! Lilli wusste, dass Oles Eltern schon länger getrennt lebten und dass Ole bisher kaum mehr Kontakt zu seinem Vater hatte. Sie erinnerte sich an die Worte, die Frau Roland vor einiger Zeit mal gesagt hatte: »Ole fehlt sein Vater ... Viel mehr als Linus. Ole tut immer so, aber ich glaube, er hat die Trennung bis heute nicht verkraftet.«

Lillis Herz klopfte vor Aufregung und zugleich hatte sie wieder einen Kloß im Hals. Kurz stand sie ratlos da und starrte zu diesen beiden Menschen hinüber, die lachend und essend zusammen auf einer Bank hockten.

Als hätte Ole ihren Blick gespürt, drehte er sich plötzlich um. Sofort wandte Lilli sich weg. Sie hoffte, dass er sie nicht erkannt hatte und ging eilig weiter Richtung Tanzstudio. Aber plötzlich hörte sie schnelle Schritte hinter sich, die näher und näher kamen. Immer schneller. Jetzt rannte auch Lilli, stieß die Tür des Tanzstudios auf, sprang die Stufen hoch, durch die Schwingtür und drückte sich in den schmalen Gang zwischen Büro und Toiletten.

Für einen Moment drang ein schmaler Streifen Sonnenlicht in den Hauseingang, dann quietschte die Schwingtür. Lilli hielt die Luft an und spähte um die Mauerecke.

Ole zögerte kurz, dann öffnete er die Tür zum Tanzraum.

»Ist Lilli hier?«, fragte Ole unsicher.

Und schon erfolgte ein Kreischen und Kichern, das von der

Stimme der aufgebrachten Ballettlehrerin noch übertönt wurde. Lilli eilte ihm zu Hilfe.

»Entschuldigen Sie die Störung. Einfach weitermachen und *en dehors*, Auswärtsdrehung aus dem Hüftgelenk!« Lilli nahm Ole am Ärmel und zog ihn raus auf den Gang, fort von den Ballettmädchen, die sich in ihren Tutus sehr elegant bogen vor Lachen. Mit einem übertriebenen Lächeln schloss Lilli die Tür.

Sofort erstarb ihr Lächeln. »Was willst du denn hier?«, zischte sie Ole an.

Sein Gesicht war knallrot und er fuhr sich ein paarmal durch die Haare. »Das vorhin, das war mein Dad.«

»Ich weiß.«

In seinem Mundwinkel hing noch etwas Ketchup. »Wir treffen uns ... spielen ein paar Bälle und unterhalten uns und so, aber meine Mom, also die ... Scheiße ...« Ole suchte verzweifelt nach Worten.

Lilli ahnte, was er sagen wollte, und half ihm auf die Sprünge. »Du willst, dass ich niemandem was davon sage, und schon gar nicht deiner Mutter.«

Ole nickte. »Genau.«

Lillis Gesicht spiegelte sich in seinen großen, nur von einem schmalen dunkelblauen Rand eingefassten Pupillen.

Sie nahm kaum wahr, dass hinter ihr eine Tür aufging und leise Musik zu ihnen herausdrang.

Ole wischte sich mit dem Handrücken das Ketchup aus dem Mundwinkel. »Und?«

»Was und?«

»Hältst du dicht?«

»Lilli?« Hinter ihr erschien Frau Struwe. »Hast du uns einen neuen Tänzer mitgebracht?«

»Nein, Frau Struwe. Ich ... gleich ...«

Lilli schob Ole durch die Schwingtür. »Keine Angst, ich sag niemand was. Nicht mal deiner Enya.«

Sie wartete keine Antwort ab, sondern lief zurück zu Frau Struwe und zog die Tür hinter sich zu.

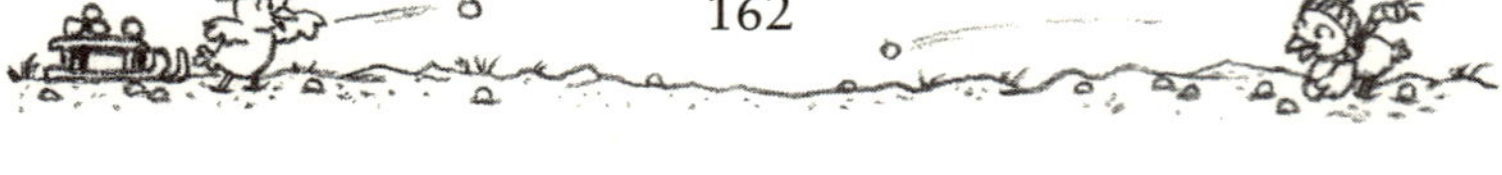

Obwohl sie heute keinen Nachmittagsunterricht hatten, aßen die *Wilden Küken* zusammen mit den *Wilden Hühnern* in der Mensa. Danach fuhren sie gemeinsam mit dem Bus bis Gut Feldberg. Die Probe für das Benefizprogramm erwies sich als ein heilloses Chaos.

»*Che pasticcio!*«, schimpfte Bob, »was für ein Durcheinander!« Aber niemand hörte auf sie.

Trude war total aufgebracht, weil Steve nicht mit den Noten für ihre Songs auftauchte, und Sprotte und Fred waren stinksauer auf den Hausmeister von Gut Feldberg. Der hatte nämlich mit der Schneefräse die Wege geräumt und dabei den ganzen Abhub genau vor der Plakatwand abgeladen, auf die sie ihre Collage zum Thema Klimawandel hatten kleben wollen. Und Wilma, die als Regisseurin einen Einakter mit den schauspielbegeisterten Bewohnern von Gut Feldberg inszenierte, suchte verzweifelt nach einem ihrer Schauspieler.

Nur Licht und Ton ließen sich nicht aus der Ruhe bringen. Für das Licht war Melanie zuständig und für den Ton Willi. Aber im Moment probierten sie sich durch die Gummi-

bärchen, die Willi mitgebracht hatte, und amüsierten sich prächtig.
Frieda betonte immer wieder, dass die *Wilden Küken* und die *Wilden Hühner* nicht die einzigen Mitwirkenden seien, um die sie sich kümmern müsste, und bat jede Gruppe darum, selbstständig die Länge ihres Beitrags zu stoppen und in eine Liste einzutragen.
»Eine Minute dreißig«, sagte Very, wie aus der Pistole geschossen. Bob und Lilli hatten ihre Nummer inzwischen schon mehrfach geprobt und Very hatte jedes Mal mit der Stoppuhr dabeigesessen.
Bob musste früher weg, weil sie versprochen hatte, Giulia beim Umzug in Justins Wohnung zu helfen. Gelatino, der auch beim Umzug helfen wollte, holte Bob, wie versprochen, pünktlich ab. »Also dann, bis halb sieben am Möbelhaus«, rief Bob und stieg in Gelatinos Schrottkiste. Sie wollte den anderen *Küken* endlich ihr Traumbett zeigen.
Very und Lilli nutzten die Zeit ohne Bob, um an der Überraschung für ihre Freundin zu arbeiten. Sie baten Frieda um den Schlüssel für die neue Weberei. Zuerst half ihnen noch eine Mitarbeiterin von Gut Feldberg, aber dann saßen sie sich an den zwei kleineren der vier Webstühle allein gegenüber und webten an ihrem Geschenk für Bob.
Lilli ließ das Schiffchen mit dem Schussfaden von einer Seite zur anderen gleiten und zog den Querbalken zu sich. Weben schien genau die richtige Arbeit zu sein, um alles um sich herum zu vergessen.

»Oh, nein! Wir haben Bob vergessen!«, rief Very und bückte sich nach ihrem heruntergefallenen Webschiffchen. Lilli sah auf die Uhr und erschrak, wie schnell die Zeit vergangen war. Very schrieb eine SMS an Bob, dass sie bereits auf dem Weg wären. In Windeseile schlossen sie die Werkstatt ab und suchten dann erst einmal vergeblich nach der Mitarbeiterin, der sie den Schlüssel zurückgeben sollten. Es kam ihnen vor wie eine Ewigkeit, bis sie sie schließlich fanden. Und dann fuhr ihnen auch noch der Bus vor der Nase weg.
»Mist!« Lilli stampfte in den dreckig grauen Schnee an der Bushaltestelle.
»Der hat uns doch gesehen!«, keuchte Very. »He ... Hallo, wir wollen noch mit!« Sie sprang winkend hin und her, aber da verschwand der Bus schon hinter der Kuppe.
Völlig aus der Puste, kamen Lilli und Very um 19.20 Uhr am Möbelhaus an. Bob hockte an dem Würstchenstand neben dem Eingang und kaute auf einer Semmel herum. »Na endlich!«
Aber als sie vor der riesigen Drehtür am Eingang standen, ertönte eine Durchsage. »Liebe Kunden, unser Möbelhaus schließt in wenigen Minuten. Morgen sind wir ab neun Uhr wieder gerne für Sie da.«
»Zu spät«, sagte Very.
»Entschuldigung«, murmelte Lilli.
»Wir holen das bei nächster Gelegenheit nach«, versprach Very.
»Habt ihr eigentlich schon die Liedtexte auswendig ge-

lernt?« Bob versuchte, möglichst locker zu klingen. »Für Englisch?«

»Auch das noch!«, stöhnte Lilli.

Very nickte. »Die konnte ich letzte Woche schon.«

Lilli suchte Bobs Blick. »Jetzt bist du sicher total sauer auf uns.«

»*Scemenza*. Quatsch. Mir ist nur ziemlich schlecht. Von den vielen Würstchen, die ich verdrückt hab.« Bob blies die Backen auf und lachte.

Als Lilli nach Hause kam, hantierten ihr Vater und Luisa im Licht der Terrassenbeleuchtung am Netz der Nordmanntanne herum. Lillis Vater hielt den Baum und Luisa schnitt mit einer Schere das Netz auf.

Ein Ast wippte mit solchem Schwung vom Stamm weg, dass er Lillis Vater die Pelzmütze vom Kopf fegte. »Große Baumbefreiung!« Lachend bückte er sich nach der Mütze und setzte sie Luisa auf.

»Wir machen schon mal das Netz ab«, erklärte Luisa. »Damit sich die Zweige schön aushängen bis Heiligabend.«

Die Ohrenklappen der Pelzmütze baumelten lose neben ihrem Gesicht.

»Vorsicht, Schlappohrhase!« Lillis Vater schlang die Arme um Luisa. »Diese Nordmanntannen sind ganz verrückt nach solchen Mützen.«

Genervt von dem Geturtel, lief Lilli ins Haus und begrüßte Sneaker.

Draußen vor dem Wohnzimmerfenster stellten Luisa und Lillis Vater den Baum in den Sonnenschirmständer. Lillis Vater packte seinen Werkzeugkoffer zusammen und trug ihn in die Werkstatt.
Luisa hob einen kleinen abgebrochenen Tannenzweig auf und klopfte an die Scheibe. Lilli zögerte, schob aber dann den Terrassentürgriff nach oben und ließ Luisa herein.
Ein Schwall Kälte und ein Hauch von Luisas Parfüm strich über Lillis Gesicht.
Noch auf der Terrassenschwelle stieg Luisa aus den Schuhen.
»We wish you a Merry Christmas and a Happy New Year!«
Lächelnd wedelte Luisa mit dem Zweig. *»Good tidings we bring to you and your kin.«*
Lilli erkannte es als eines der Lieder, die sie als Hausaufgabe auswendig lernen mussten.
»… good tidings for Christmas and a Happy New Year!«
Luisa steckte Lilli den kleinen Zweig wie eine Feder in die Wuschellocken.
»Du bist nicht meine Mutter!« Lilli riss sich den Zweig aus den Haaren und warf ihn Luisa vor die Füße.
Auf der Treppe holte Luisa Lilli ein. »Lilli, warte!«
»You be not my mother!«, schrie Lilli.
Sie hörte Luisa noch sagen »Es heißt nicht *you be*, sondern *you are not my mother*.«
Da knallte ihr Lilli die Tür vor der Nase zu.

Am nächsten Tag wechselten Lilli und Luisa weder beim Frühstück noch in der Schule ein Wort miteinander.
Und mittags war Lilli zum Glück allein, weil Luisa noch in der Schule war und Lillis Vater überraschend zu einem Kunden musste.
Endlich hatte Lilli gefunden, wonach sie die Krimskramskiste in der Werkstatt durchsucht hatte. Das Vorhängeschloss war zwar schon ein wenig eingerostet, aber es funktionierte noch. Mit Sneaker an der Leine wollte sie sich gerade auf den Weg zur Weiherwiese machen, da rief Herr Röhrich nach ihr. Mit einem Arm auf das Kissen im offenen Küchenfenster gestützt, winkte er Lilli zu sich.
»Sitz, Sneaker«, befahl Lilli dem Hund, aber der dachte nicht daran, Sitz zu machen, sondern wedelte fröhlich mit dem Schwanz.
Herr Röhrich sah irgendwie verändert aus, fand Lilli. Die Strickjacke konnte es nicht sein, die hatte sie schon oft an ihm gesehen.
Lilli stand vorm Gartentor und zögerte. »Soll ich den Hund anbinden?«
Herr Röhrich schüttelte den Kopf. Und gleichzeitig fiel Lilli auf, was nicht mit ihm stimmte. Das Toupet fehlte.
Lilli wickelte die Hundeleine ein paarmal um ihre Hand und ging bis zu der Gartenbank unterm Küchenfenster.
Herr Röhrich bat sie, auf die Bank zu steigen. Lilli tat es und Sneaker hopste neben sie.
»Warte.« Herr Röhrich verschwand und kam dann gleich

mit einer Wurst und einem Lebkuchen wieder. Den Lebkuchen drückte er Lilli in die Hand.
»Und die Wurst ist für, wie heißt er noch mal?«
»Sneaker«, sagte Lilli. Und wie auf Kommando begann der Hund zu winseln.
»Für Sneaker.« Herr Röhrich ließ die Wurst in das Hundemaul fallen und zog sofort die Hand weg. »Mich hat mal einer gebissen. Hier!« Er zwickte sich selbst ins Ohr. »So ein großer Schäferhund. Hat mich umgestoßen und ins Ohr gebissen.«
Vorsichtig streckte er die Hand aus und tätschelte Sneakers Kopf, als wäre er eine Bombe, die jederzeit explodieren könnte.
»Danke für den Lebkuchen«, sagte Lilli und wandte sich zum Gehen.
»Den hat Ingrid gebacken. Bevor sie gefahren ist.« Herr Röhrich blinzelte. Er hatte kaum mehr Wimpern. »Sie tut immer extra viel Honig rein.«
»Ihnen fehlt die weibliche Hand«, sagte Lilli. Leise und ohne jede Spur von Bosheit.
Herr Röhrich nickte und strich über das Kissen. »Und jetzt mach, dass du weiterkommst. Mir kühlt ja das ganze Haus aus!« Er schloss das Fenster und Lilli zog Sneaker durchs Gartentor hinaus auf die Straße.

»Äh …« Very wackelte mit ihrer spitzen Nase und versuchte, sich zu erinnern. »Wo …?«

»Passwort: *Heu und Stroh*«, sagte Lilli.

Bob zog den Reißverschluss auf und holte den Schlüssel für den Stromkasten aus dem Zelt.

Nachdem sie den Strom angestellt hatten, klinkte Lilli den Schlüssel des neuen Vorhängeschlosses an den Schlüsselring.

Das Schloss selbst legte sie oben an Bord der *Mystery* neben die Luke. »Nicht, dass wir noch öfter unerwünschten Besuch bekommen.«

Sneaker sprang die Schiffstreppe herunter und lief aufgeregt hin und her, während Bob und Very Lilli die mitgebrachten Vorräte nach unten reichten.

»Ich frag mich sowieso, was Little hier gesucht hat.« Bob begutachtete die lose Planke. Die winzige Holzperle lag noch an Ort und Stelle im Astloch. »Unser Bandenbuch zumindest hat er nicht gefunden!«

»Und Mitch hat auch nicht zufällig was erwähnt?«

Very verschränkte fröstelnd die Arme vor der Brust. »Ich hab doch gesagt, wir reden nicht über Bandensachen.«

Bob schaltete den Stromboli an. »Hoffentlich friert der Weiher bald ganz zu!«

Lilli drückte ihre Nase gegen das kalte Bullauge. Vom Ufer her hatte sich schon eine dünne Eisschicht gebildet. Aber noch immer gab es viele offene Stellen.

Very setzte sich in eine Schlafkoje und stopfte sich eine

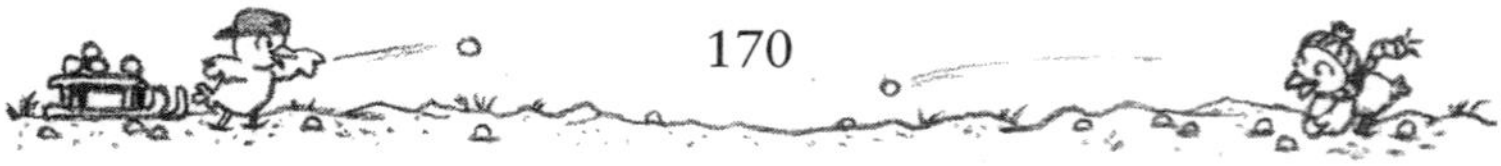

Decke in den Rücken. »Gestern hat Mitchs Vater … er hat Mitch beim Namen genannt. Die untere Gesichtshälfte ist noch immer ein bisschen gelähmt, aber man hat es eindeutig verstanden.«

Sneaker stupste mit der Schnauze immer wieder an Verys angewinkeltes Knie. Sie schob Sneaker beiseite und redete leise weiter. »Mitch hat geweint, er wollte es sich nicht anmerken lassen, aber …« Very schluckte. »So froh war er.«

Verys Augen leuchteten noch etwas wasserblauer als sonst. »Mann, Sneaker, jetzt spinn doch nicht so rum hier.« Sneaker war auf die Koje gesprungen und wühlte hinter Verys Rücken die Decke weg.

Sneaker wollte nicht spielen und nicht raus, es lag auch nicht an Herrn Röhrichs Wurst, dass er sich so aufführte. Sneaker hatte etwas gewittert. Olmspuren.

Bob band Sneaker am Tischbein fest. Very klappte die Schlafkoje hoch und Lilli räumte hastig das Seil, die Federballschläger und die Schachtel mit den Karabinerhaken beiseite. Mit vereinten Kräften schoben sie den schweren Werkzeugkasten weg.
»Was ist das?« Zu dritt starrten sie das etwa zündholzschachtelgroße Kästchen an, das mit Klebeband an der Eckleiste befestigt war. Ein langes dünnes Kabel hing lose aus dem kleinen Gerät.
»Das ist eine Wurfantenne – wie bei meinem Radiowecker«, sagte Very und kniete sich neben Lilli und Bob.
Sneaker knurrte.
Mit spitzen Fingern zog Lilli an einer Ecke des Klebebands. »Das ist aber kein Radiowecker, sondern ...«
»Eine Bombe«, kreischte Bob.
Und alle drei *Küken* sprangen mit dem gleichen Schrecken in den Gliedern einen Meter zurück. Lilli stieß sich an der Tischkante und jaulte mit Sneaker, dem Very in der Panik auf die Pfote getreten war, im Duett.
»Wahrscheinlich eine Zeitbombe?«, wisperte Bob.

»Oder ein Bewegungsmelder«, sagte Very und erstarrte in seltsam gebückter Haltung.
Vorsichtig zog Lilli das Klebeband ab und erstarrte ebenfalls. Das Klebeband hatte eine kleine Leuchtdiode des Apparats abgedeckt. Jetzt erkannte Lilli auch seitlich am Gehäuse ein winziges Loch, neben dem sie die Buchstaben *MIC* entziffern konnte.
Mikrofon, dachte Lilli. Das war ein Abhörgerät!
Empört richtete sie sich auf. »Was fällt denen bloß ein, das ist ein ...« Lilli hielt sich selbst den Mund zu. Was, wenn die *Olme* jetzt mithörten? Lilli gab Bob und Very Zeichen. »Das ist eine Riesenschweinerei von den Lehrern, dass die uns zum Strafputzen in der Schule verdonnert haben. Aber was soll's, lasst uns ein bisschen Musik hören.« Lilli drehte das kleine Radio auf volle Lautstärke und stellte es neben der Abhörwanze auf den Boden.
»Das ist eine Wanze.« Flüsternd zog sie ihre Freundinnen Richtung Heck.
Bob riss Mund und Augen auf. »Du meinst, sie hören uns ab?«
»Jedenfalls, wenn sie in Reichweite des Senders sind«, meinte Lilli.
»Und ihr denkt, die sind jetzt sozusagen live dabei?« Bob schluckte. »Aber wenn sie jedes Wort hören, das wir hier reden ...« Sie brach mitten im Satz ab.
»Ganz schön clever, die Jungs.« Lilli konnte sich einen gewissen Respekt nicht verkneifen.

»Ich glaube, es gibt sogar Wanzen, die übers Handynetz funktionieren«, flüsterte Very.
Lilli nickte. Deshalb hatte Little also neulich das Radio angeschaltet und in einiger Entfernung in sein Handy gelauscht, das war ein Test.
Alle drei *Wilden Küken* schauten besorgt auf den roten Punkt und fuhren zusammen. Die Leuchtdiode hatte die Farbe gewechselt und leuchtete jetzt grün statt rot.
»Jetzt hören sie mit«, formulierten Lillis Lippen tonlos, und zugleich jagte ihr eine Idee durch den Kopf.
Bob trat von einem Bein aufs andere und Very hörte auf zu atmen.
»Redet ganz normal«, zischte Lilli. Und dann sagte sie besonders laut. »Mannomann, kommt ja doch nur Schrott im Radio.« Mit vor Aufregung zitternden Fingern drehte sie das Radio aus.
»Was die *Grottenolme* wohl als Nächstes so vorhaben?«, artikulierte Lilli, als würde sie zu einem Schwerhörigen sprechen.
»Keine Ahnung«, sagte Very überdeutlich.
»Sicher wieder irgendeine Gemeinheit!« Bob hatte Mühe, ernst zu bleiben.
»Wahrscheinlich dauert es nicht lang und Enya ist ihr Boss«, sagte Lilli.
Bob verkniff sich ein Lachen. »Dann hätten sie endlich mal einen Boss mit Gehirn.«
Very stieß Bob in die Seite. »Und hübscher als der alte!«

Lilli hob die Hand, damit die beiden mit dem Quatsch aufhörten. »Lasst uns lieber überlegen, wo wir die Schatulle am besten verstecken.«

»Welche Schatulle denn?« Very blickte etwas belämmert drein.

»Die mit dem Schatz natürlich.« Lilli funkelte Very an.

»Du meinst die Schatulle mit der alten italienischen Goldkette von meiner Nonna?« Bob grinste.

»Genau«, sagte Lilli. »Den Schatz mit der Goldkette. Und mit den Codes für unsere Geheimschrift!«

»Und das Album mit unseren Bikinifotos.« Very klimperte mit ihren blonden Wimpern. »Nicht auszudenken, wenn diese Schatulle den *Olmen* in die Hände fallen würde.«

Innerlich schüttelte Lilli den Kopf über Very, sagte aber laut: »Am besten, wir verstecken die Schatulle im Zelt hinter den ganzen Strohballen!« Lilli beugte sich über die Abhörwanze und schaltete das Radio wieder an.

»Los!«, zischte Lilli ihren Freundinnen zu und schnappte sich das Seil und ein paar Karabinerhaken.

Sneaker bellte an Bord der *Mystery*, und das kleine Radio dudelte so laut, dass man es bis hierhin hörte. Lilli, Bob und Very lagen hinter der großen Schneewehe auf der Lauer. Immer wieder hob eines der *Küken* den Kopf aus der Deckung und warf einen Blick Richtung Feldweg und Waldrand.

Lilli wollte die Hoffnung schon aufgeben, da huschten drei geduckte Gestalten den Weidezaun entlang.

»Sie kommen«, hauchte Lilli und umklammerte das Seil noch fester.
Verys Zähneklappern verstummte.
Wie immer, wenn sie sich konzentrierte, machte Bob einen runden Mund, als würde sie pfeifen.
Lilli hörte die Jungs wispern und den Schnee unter ihren Füßen knirschen. Und dann wurde sehr leise der Reißverschluss des Zeltes geöffnet. Lilli zählte dreimal das Geräusch, das entsteht, wenn eine Winterjacke an Zeltstoff entlangreibt, und gab dann das Zeichen. Very holte tief Luft und schnellte hoch. Mit wenigen Sprüngen war sie am Zelt und zog mit einem Ratsch den Reißverschluss zu.
»Anker lichten!«, hallte ihre Stimme bis weit über den Weiher.
Bob und Lilli stemmten die Füße in die Schneewehe und zogen am Seil.
»*Avanti*, Very, hilf uns!«, presste Bob hervor.
»Was soll das?«, rief Ole im Zelt.
Lilli legte ihr ganzes Gewicht nach hinten. Das Seil schnitt ihr in die Hände. Very packte mit an und dann gab es ein Knirschen und das über den dicksten Ast der Weide laufende Seil bewegte sich. Das Zelt, an dessen hinteren Schlaufen das Seilende mit den Karabinern befestigt war, rutschte auf dem Schnee.
Ole, Little und Mitch schrien alle durcheinander.
»Sieht aus wie ein Sack voll Giftschlangen!«, rief Bob. Sie legte sich so ins Zeug, dass ihr Po fast den Boden berührte.

»Wohl eher wie ein Sack voller *Olme*!«, verbesserte Very, und Lilli knotete das Seil um den Stamm der Weide. »Ihr könnt loslassen!«
Bob und Very ließen das Seil los. Das Zelt sackte nach unten und baumelte dann gerade eine Handbreit über dem Schnee. Der jähe Aufschrei der *Olme* verstummte.
»Mir wird schlecht beim Schaukeln«, vermeldete Littles Stimme sachlich.
»Fang jetzt bloß nicht zu kotzen an!«, warnte Mitch.
»Nimm deinen Hintern aus meinem Gesicht«, schrie Ole.
Very gab dem schwebenden Zeltsack einen Schubs. Im Innern schrien drei Stimmen auf.
»Lilli«, rief es aus dem Sack. »Von Olmboss zu Oberküken, ihr hattet euren Spaß, aber jetzt lasst uns raus.«
Very schubste erneut, diesmal kräftiger.
»Was habt ihr mit uns vor?« Mitchs Stimme überschlug sich.
»Mir ist schlecht«, jammerte Little.
»Tja, was haben wir mit euch vor?«, sagte Lilli und fügte genüsslich hinzu. »Ich denke, wir versenken euch im Weiher!«
Die Weide stand viel zu weit weg vom Ufer, aber aus dem Innern des Zelts ließ sich das zum Glück nicht beurteilen.
»Ich bin Nichtschwimmer!«, gab Little zu bedenken.
»Na dann, *addio per sempre*!«, rief Bob. »Auf Nimmerwiedersehen!«
»Hat echt Spaß gemacht mit euch!« Very versetzte dem pen-

delnden Beutel noch einen letzten kräftigen Schubs, dann wetzten die *Küken* an Bord und zogen die Leiter ein.
Fast im gleichen Moment gab es ein reißendes Geräusch. Der Reißverschluss platzte auf und eine Ladung aus Stroh und *Olmen* ergoss sich in den Schnee.
In das Wutgeheul mischte sich ein einsames Klatschen.
Die sich aufrappelnden Jungs in ihrem Strohhaufen und die *Küken* auf der *Mystery* reckten die Hälse.
Enya hockte auf dem Koppelzaun und applaudierte verächtlich. »Ich dachte, ihr wolltet mir Tischtennis beibringen!«
Ole reagierte nicht auf Enya, sondern drohte mit der Faust zu Lilli herauf. »Das werdet ihr büßen!«
Doch Lilli hielt sich die Abhörwanze wie ein Funkgerät vor den Mund. »*Küken* an *Olme*, *Küken* an *Olme*. Ihr könnt uns mal!« In hohem Bogen schleuderte sie das Abhörgerät Richtung Weiher. Es landete auf dem Eis, schlitterte ein Stück weit und plumpste dann von der Schollenkante ins dunkle Wasser.
»Grausiges Morden und blutrünstige Rache!«, heulte Mitch und dann rannten alle drei *Olme* Enya hinterher, die zurück Richtung Feldweg lief.
Bob und Very jubelten und Lilli fiel in den Jubel mit ein. Sie waren die glorreichen Sieger, aber als Lilli Ole neben Enya hinter den Bäumen verschwinden sah, fühlte sie sich trotzdem so, als hätte sie die Schlacht verloren.

Melanie und Willi steuerten die Licht- und Tontechnik, während Trude am Mikrofon das Publikum animierte, den Refrain ihres neusten Songs mitzusingen.
In der großen Scheune von Gut Feldberg waren die Bierbänke mittlerweile sehr gut besetzt. Immer wieder schweifte Lillis Blick umher, aber sie konnte Ole nicht entdecken.
»Ich komm gleich wieder«, sagte Lilli zu Bob, die ohne Ton auf ihrer Klarinette Triller übte, und schlüpfte durch eine Seitentür aus der Scheune.
»Seid ihr nicht gleich dran?« Very hielt zwei dampfende Teetassen hoch. »Für dich und Bob. Gut gegen Lampenfieber.«
Lilli aber wollte weiter. »Ich brauch nur einen Augenblick allein.«
»Dann seh ich mal nach Bob.« Very balancierte die Teetassen durch das Gedränge.
»Hast du irgendwo einen der *Olme* gesehen?«, rief Lilli ihr nach. Very schüttelte den Kopf, ohne sich umzuwenden.
Lilli trat auf den Platz vor dem Hofladen, wo Produkte verkauft wurden, die von den Bewohnern hergestellt worden

waren. Es gab Verkaufsstände mit Bienenwachskerzen und Ledergürteln, Biomarmeladen und Handschmeichler aus Holz. Sie ließ ihren Blick schweifen, konnte aber nur Fred und Sprotte entdecken, die gleich auf sie zukamen.

Die beiden zeigten Lilli ein Los der Gut-Feldberg-Weihnachts-Tombola. Lachend las Fred Lilli vor: »Fünfhundert Gramm Griebenschmalz. Abzuholen im Hofladen.«

»Habt ihr einen von den *Grottenolmen* gesehen?«, fragte Lilli.

Fred und Sprotte schüttelten den Kopf und schlenderten schmusend weiter.

Da entdeckte Lilli ihren Vater und Luisa und sie ging auf sie zu. »Gleich ist mein Auftritt!«

Luisa nickte lächelnd.

»Wir kommen sofort«, sagte ihr Vater und lächelte ebenfalls. Er presste seine Finger zusammen, bis es leise knackte.

»Habt ihr Ole gesehen?«, fragte Lilli.

»Henriette hat vorhin auch schon nach ihm gefragt.« Luisa umklammerte eine Tüte mit Maroni, als ob sie sich daran wärmte.

Während Lilli in die Strickstulpen schlüpfte, sandte Bob noch schnell ein italienisches Stoßgebet gen Himmel, und Very drückte ihnen die Daumen. Melanie ließ es dunkel werden und Bob schob Lilli in die Mitte der Bühne. Ganz leise und langsam spielte Bob ihre Klarinettenmelodie an und steigerte dann Tempo und Lautstärke. Lilli hielt den

Kopf gesenkt und wiegte sich nur sanft hin und her wie ein Grashalm im Wind.
Sie legte die flache Hand auf ihr Zwerchfell und fühlte ihren Atem. Die Scheinwerfer gingen an, Lilli breitete die Arme aus und drehte sich im Rhythmus der Musik.
Aber Lilli konnte sich nicht konzentrieren, weil ihre Augen ständig das Publikum nach Ole absuchten. Hör auf damit, vergiss ihn, hör auf damit, wiederholte ihre innere Stimme immer wieder. Die Scheinwerfer blendeten und Lilli konnte nur Konturen erkennen. Aber gerade bei dem Triller, den Bob so oft geübt hatte, und den sie jetzt perfekt spielte, brach Lilli mitten in der Bewegung ab und vergaß Ole. Von der Bühne abgewandt, weit hinter der letzten Reihe redete ihr Vater auf Luisa ein. Luisa stand da wie vorhin Lilli, einem Grashalm im Wind gleich. Aber plötzlich wandte sich Luisa ab und lief aus der Scheune. Und Lillis Vater rannte ihr nach.
»Lilli«, flüsterte Very von irgendwoher. »Tanz weiter!« Aber Lilli konnte nicht weitertanzen. Sie wollte nur noch weg, weg aus dem Licht, runter von der Bühne. Neben Melanie und Willi sprang sie vom Podest.
Während die verwirrte Bob das Stück weiterspielte, schlüpfte Lilli in ihren Anorak. Sie hörte weder, was Very sagte, noch, was Melanie von sich gab. Es war, als wäre sie schlagartig taub geworden. Erst, als sie am Publikum vorbeilief, registrierte Lilli voller Dankbarkeit, dass Very für sie eingesprungen war und zu Bobs Trillern ihre Cheerleadersprünge vollführte.

Luisa und ihr Vater waren nirgends zu sehen. Eine Weile irrte Lilli orientierungslos an den Verkaufsständen vorbei und das Stimmengewirr und all der Trubel traten immer mehr in den Hintergrund.
Erst neben einer Maschinenhalle blieb sie stehen, weil jemand ihren Namen rief.
Ihr Vater hockte auf einem Traktoranhänger und winkte sie zu sich. Lilli setzte sich neben ihn. Beide schauten über die schneebedeckten Äcker jenseits der alten Allee.
Seit ihr Vater und Luisa zusammen waren, hatte Lilli in einem geheimen Winkel ihres Herzens immer gehofft, dass die beiden sich wieder trennen würden. Damit alles wieder so werden würde wie früher, als Lilli und ihr Vater noch alleine waren. Aber jetzt, als sie ihn so traurig sah, war sie sich gar nicht mehr so sicher, was sie wollte.
Lillis Vater hielt ihr die noch unangebrochene Maronitüte hin. »Sind kalt inzwischen.« Raschelnd öffnete er die Tüte.
»Habt ihr wegen mir gestritten?«, fragte Lilli.
»Vielleicht hat sie recht und es ging alles zu schnell. Das mit ihr und mir und uns dreien.« Er nahm sich eine Kastanie aus der Tüte. »Ich hab nur dummes Zeug geredet und plötzlich ist sie weggerannt.«
Er bröckelte die Schale von der Kastanie. »Jetzt hab ich deinen Auftritt verpasst.«
»Ich bin auch weggerannt.« Lilli nahm sich ebenfalls eine Kastanie.
»Warum?«

»Wegen Ole«, sagte Lilli. »Ich hab mir so sehr gewünscht, dass er mich tanzen sieht, aber er war nicht da.«
Schweigend aßen sie die kalten Maroni.

Die Party der *Wilden Hühner* fand im Tischtenniskeller von Gut Feldberg statt und Very und Bob strahlten vor Stolz, eingeladen zu sein. Lilli gab sich alle Mühe mitzustrahlen. Ihren verpatzten Auftritt hatte sie mit dem Streit zwischen Luisa und ihrem Vater erklärt und alle hatten das geschluckt.
Die *Wilden Hühner* amüsierten sich köstlich über Bobs Schilderung, wie die *Wilden Küken* gestern die *Grottenolme* ins Zelt gelockt hatten, da flog plötzlich die Tür auf und Enya erschien. »Schnell, Ole und die anderen machen eine Riesendummheit!« Sie fuchtelte mit zwei Taschenlampen herum und rief: »Worauf wartet ihr … Kommt mit!«
»Das ist doch eine Falle.« Very und Bob packten Enya an den Armen und hielten sie fest.
»Die *Olme* haben irgendwas mit der *Mystery* vor.« Enya suchte Lillis Blick. »Du musst mir glauben, Lilli!«

Im Licht der Taschenlampen liefen Enya und Lilli um die Wette. Enya rutschte auf dem verschneiten Waldweg aus, aber Lilli half ihr sofort wieder auf die Beine.
Lilli erreichte als Erste den Waldrand. Sie brauchte einen Augenblick, bis sie erfasste, was auf der Weiherwiese unter ihr vorging. Ole, Mitch und Little schoben die Schneefräse von

Gut Feldberg am Ufer entlang. Sie wendeten die Maschine, und Ole drehte das Auswurfrohr, damit der Abhub auch weiterhin auf der *Mystery* landete. Das Schiff verschwand hinter einer Fontäne aus Schnee.

»Aufhören!«, schrie Lilli und schlitterte den Hügel hinunter. Aber im Lärm der Schneefräse ging ihr Schreien unter. Erst, als Lilli schon über den Zaun kletterte, bemerkten sie die *Grottenolme*.

»Scheiße!«, schrie Ole und zeigte Richtung Hügel.

Hinter Lilli stürmten Enya, Bob und Very den Hügel herab, gleich hinter ihnen kamen Sprotte und Fred, und oben tauchten soeben Frieda, Wilma, Melanie und Willi auf, gefolgt von Trude und Steve. Wer eine Taschenlampe hatte, richtete den Lichtstrahl auf die *Grottenolme*. »Wie in alten Zeiten«, keuchte Trude, und Steve nickte nur völlig aus der Puste.

Angesichts dieser Übermacht ergriffen Ole, Mitch und Little die Flucht.

Die tuckernde Schneefräse ließen sie einfach zurück. Fieberhaft suchte Lilli den Ausschalter, aber da hatte ihn Enya schon gefunden. Das Motorengeräusch erstarb.

Fassungslos starrte Lilli zum Weiher. Ihr Bandenquartier sah aus wie ein Eisberg.

Für einen Moment herrschte betroffene Stille.

»Die Hühner!«, schrie Bob und buddelte sich auf dem Steg zur Leiter durch.

Und dann halfen alle zusammen. Sie versuchten, sich mit

den Händen durch den Schnee zu arbeiten. Aber sie kamen kaum voran. Also machten sich Frieda und Sprotte auf den Weg, um Schneeschaufeln zu holen, während Lilli, Bob und Very um die Kükenkajüte stapften, die nur noch zur Hälfte aus dem Schnee ragte und auf deren Dach sich ein weißer Spitzhut erhob.

Bob legte das Ohr an die Kajütenwand.

»Kannst du sie hören?« Very hielt mit Graben inne.

Bob schüttelte den Kopf und Very wühlte wie eine Wilde weiter Schnee beiseite.

Ein scharfer Lichtkegel strich über das Schneeschiff hinweg. Lilli blickte auf. Am Feldweg hielt das Auto ihres Vaters. Frieda und Sprotte sprangen heraus und holten die Schaufeln aus dem Laderaum.

Lilli hörte, wie ihr Vater nach ihr rief. Aber in diesem Moment hatten die *Wilden Küken* gerade das kleine Fenster der Kükenkajüte freigelegt. Lilli leuchtete mit der Taschenlampe hinein. »Es geht ihnen gut.« Bussi und Birdie hockten in ihren Nestern und glotzten ärgerlich ins Licht.

»Alles okay?«, hörte Lilli die Stimme ihres Vaters plötzlich direkt hinter sich. »Ist ein bisschen viel Bandenkrieg, hm, meine Kleine?« Er strich ihr über die Wange und drückte Lilli dann eine Schaufel in die Hand.

»Hast du Luisa gefunden?«

»Ihr Auto ist weg, also ist sie heimgefahren.« Er wischte sich erschöpft übers Gesicht. »Hoffentlich.«

Die *Wilden Küken*, Enya und die *Wilden Hühner* schaufel-

ten gemeinsam den Schnee, der um die Kükenkajüte herum lag, weg.
»Los, Jungs, helft mir!« Lillis Vater versammelte Steve, Willi und Fred um sich. Und zu viert stemmten sie mit viel Hauruck die Schneefräse hoch an Bord. Sie wechselten sich an den Schneeschaufeln ab und schippten den Schnee, der auf der *Mystery* lag, vor die Maschine. Die Schneefräse heulte und spuckte alles, was in ihrem Maul verschwand, gleich wieder von Bord.
Plötzlich hielt Lilli im Schaufeln inne. Etwas Rotes ragte aus dem Schnee. »Meine Mütze!« Sie hielt die zerfetzte Wollmütze ins Licht ihrer Lampe.
Erst jetzt fiel es ihr auf.
Und auch bei Bob fiel der Groschen. »Die haben unser Schneehuhn durch die Fräse gejagt«, sagte Bob.
»Diese Volldeppen!« Wütend warf Very eine Schaufel voll Schnee über Bord.
Lilli tat, als wollte sie auf der anderen Seite weiterschaufeln. Aber sie schaufelte nicht, sondern kauerte sich gegen die Kajütenwand und kämpfte mit den Tränen.
»Hey«, Melanie hockte sich neben Lilli. »Wenn Jungs sich aufführen wie Volldeppen, heißt das noch lange nicht, dass sie einen nicht gern haben.« Melanie gab Lilli ein Taschentuch und half dann Willi, die Schneefräse ein Stück weiter Richtung Bug zu manövrieren.
Inzwischen hatten Bob und Very es geschafft, die Kajütentür zu öffnen. Schnell steckte Lilli das Taschentuch ein.

Und dann hockten die *Wilden Küken* bei Bussi und Birdie im Stroh und streichelten abwechselnd die beiden Hühner, die nur schläfrig blinzelten und von dem ganzen Abenteuer wohl überhaupt nichts mitbekommen hatten.
»Hey, da seid ihr ja.« Enya kam dazu und streichelte Bussi und Birdie übers Gefieder. »Schade, dass es nur zwei sind.«
»Ja«, sagten alle drei *Wilden Küken* wie aus einem Mund.
»Also, ich muss nach Hause, meine Mutter kriegt sonst die Krise.« Enya winkte und schloss die Kajütentür.
»Warte.« Lilli lief ihr nach. »Mein Dad kann dich doch heimfahren.«
Eine halbe Stunde später war die *Mystery* wieder schneefrei, doch am Ufer und auf dem gefrorenen Weiher häuften sich die weißen Massen.
Lillis Vater setzte erst Enya bei sich ab, dann Bob und schließlich Very. Das letzte Stück fuhren sie schweigend. Lilli drückte sich in den beheizten Beifahrersitz und ihr Vater blickte konzentriert auf die Straße. Je näher sie ihrem Ziel kamen, desto deutlicher spürte Lilli seine Anspannung.
Und dann atmeten beide erleichtert auf. Luisas Auto stand in der Einfahrt.

Das Webschiffchen sauste durch die Kettfäden und fiel neben dem Webstuhl zu Boden. Lilli hatte den ganzen Samstagvormittag geschlafen wie ein Stein und trotzdem steckte ihr noch die Müdigkeit von gestern Nacht in den Knochen. Die Müdigkeit und ihre Wut auf Ole.

Auch Very, die schweigsam hinter dem anderen Webstuhl arbeitete, wirkte nicht gerade putzmunter.

Lilli bückte sich nach dem Webschiffchen, knüpfte einen neuen Faden daran und webte weiter. Das Webschiffchen glitt durch die blauen Kettfäden des Eismeeres. In ihrem Kanu kämpfte ein Eskimomädchen ums Überleben. Völlig erschöpft tauchte Lilli Inuit immer wieder das Ruder ins eisige Wasser. Eine dicke Schicht aus Eis bedeckte ihr winziges Boot. Mit letzter Kraft erreichte sie eine Scholle und dann hallte ihr verzweifelter Ruf durch die Stille der Arktis.

»Ole!«

»Hast du mich jetzt erschreckt!«, rief Very und blickte sich um. »Ich dachte schon, die *Grottenolme* kommen hier rein.«

Da Frau Roland mit den Zwillingen auf Gut Feldberg

wohnte, hatte auch Lilli andauernd das Gefühl, Ole könnte jeden Moment auftauchen.
Aber außer einer Betreuerin, die ein paar Bücher mit Webmustern aus dem Regal in der Weberei brauchte, kam niemand herein.
Lillis Muster war ganz anders geworden, als sie sich das ursprünglich vorgestellt hatte, aber der bereits gewebte Stoff fühlte sich fest und gut an.
»Bob wird Augen machen, wenn wir damit bei ihr aufkreuzen!« Very strich stolz über ihre farbenfrohe Stoffbahn, als ihr Handy klingelte. »Es ist Bob!«
»Sag einfach, wir …« Lilli überlegte fieberhaft, aber es fiel ihr keine gute Ausrede ein.
»Hi, Bob!«, meldete sich Very. »Du, ich muss Opa wieder mal bei seiner neuen Firmenchronik helfen.« Sie lauschte kurz und nickte. »Nein, die hat *Power Learning* mit deiner Tante.«
Very legte auf und zwinkerte Lilli zu. »Ich weiß, das war geschwindelt. Aber sonst ist es doch keine Überraschung mehr.« Very holte sich eine neue Garnspule. »Wenn wir uns beeilen, können wir in drei Stunden bei Bob sein.«
Aber als ihnen die Mitarbeiterin von Gut Feldberg half, die bunten Stoffbahnen aus dem Webstuhl zu nehmen, war es schon halb sechs.
Very rief ihren Opa an und bestellte ihn zur Weiherwiese, wo sie die Wartezeit dazu nutzen wollten, nach Bussi und Birdie zu sehen.

Voller Stolz und Vorfreude klemmten sie sich die in Geschenkpapier gewickelten Stoffrollen unter den Arm und wanderten los.

Lilli war so in Gedanken, dass sie immer langsamer wurde.

Very drehte sich zu ihr um. »Ich lauf schon mal vor, du lahme Ente.« Und schon war sie weg.

Wieso musste Ole so ein Idiot sein? Wer weiß, was passiert wäre, wenn Enya sich nicht rechtzeitig eingemischt hätte?

Ein Aufschrei riss Lilli aus ihren Gedanken.

»Birdie und Bussi!« Very lief aufgeregt um die Kükenkajüte herum. »Sie sind weg!«

Sie suchten das ganze Schiff ab, aber von den Hühnern gab es keine Spur.

»Die Stalltür war ordentlich geschlossen!«, sagte Very.

»Und der Zaun vom Auslauf ist vollkommen intakt.« Lilli rüttelte daran, aber es gab keine lose Stelle, durch die Bussi und Birdie hätten entwischen können.

Very lauschte in ihr Handy. »Bob geht nicht ran.«

Im gleichen Augenblick hielt der chromglänzende Geländewagen von Opa Hinsgen oben am Feldweg.

Very und Lilli stürmten in Bobs Zimmer. Und schon wurde eine Pistole auf sie gerichtet. Siegi hockte auf dem unteren Etagenbett. »Hände hoch oder ich sieße!«

»Wir haben jetzt keine Zeit für den Seiß«, sagte Very. »Wo ist Bob?«

»In ihrem neuen Simmer.«

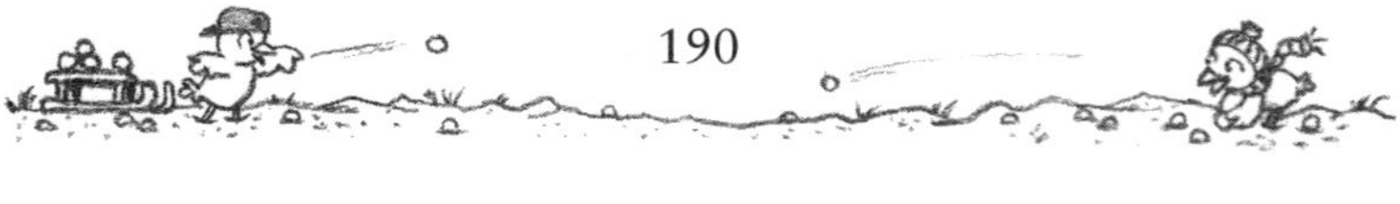

Jetzt erst fiel Lilli auf, dass keine Matratze mehr auf dem oberen Etagenbett lag. »Sie ist schon umgezogen.«

Eilig wandten sie sich zur gegenüberliegenden Zimmertür und öffneten, ohne anzuklopfen.

Leise Musik ertönte. Giulias Musikanlage war das einzige Relikt der großen Schwester in dem völlig veränderten Zimmer. Hell orangefarbene Vorhänge leuchteten sommerlich vor dem Fenster und ein durchschimmernd blauer Baldachin umrahmte das romantische Bettgestell aus verschlungenen Metallrohren. Bob lag bäuchlings zwischen den gelben Herzchenkissen und wippte mit den angewinkelten Beinen.

»Bussi und Birdie«, rief Very aufgeregt. »Sie sind entführt worden!«

»Das werden uns die *Grottenolme* büßen.« Lilli ballte die Faust. »Entweder sie haben sie auf Gut Feldberg versteckt oder bei Mitch …«

Doch Bob stützte nur den Kopf in die Hände und schmunzelte ihren neuen Schrank an.

»Bob, dein neuer Schrank ist uns jetzt wurscht!« Verys Stimme überschlug sich. »Hast du Tomaten auf den Ohren? Die Hühner sind entführt worden!«

Bob drückte eine Fernbedienung und die Musik verstummte. »Ihr habt Tomaten auf den Ohren.«

Und jetzt hörte Lilli es. Ein leises Gackern und Glucken.

Very zog die Schranktür weiter auf. »Bob, du spinnst!«

Auf der Kleiderstange saßen Bussi und Birdie und legten die Köpfe schief, als wunderten sie sich über den überraschenden Besuch. Der Schrankboden war mit Stroh ausgelegt und auf einem Tablett standen sieben Espressotassen voll mit den verschiedensten Hühnerleckereien.

»Ich dachte, ihr hättet keine Zeit.« Bob nahm Bussi auf den Arm. »Aber ihr könnt gern mitfeiern!«

Lilli und Very legten ihre Geschenkrollen auf das Bett.

»Eine Überraschung von uns für dein erstes eigenes Zimmer!«, sagte Very.

Bob wickelte die Geschenke aus und war so gerührt, dass ihre Stimme ganz heiser klang. »Zwei Hängematten.«

»Von uns selbst gewebt.« Very knüpfte eine der Matten an die hellblau gestrichenen Mansardenbalken.

»Könnte ja sein, dass du uns mal hier übernachten lässt«, sagte Lilli und musste lachen, weil Birdie soeben flatternd auf Verys Kopf landete.

»Ich darf«, jubelte Very und legte auf.

»Ich auch.« Lilli steckte ihr Handy ein und schaukelte zufrieden in der Hängematte. Und dann wurde es die gemütlichste Zimmereinweihungsfeier aller Zeiten. Die Hühner im Schrank gackerten und die *Wilden Küken* kicherten.

Sie probierten alle möglichen Einrichtungsideen von Very durch und rückten die Möbel so lange hin und her, bis alles wieder am gleichen Platz stand wie zuvor. Bobs erste Lösung war und blieb die beste von allen.

Bob las ihnen eine Kurzgeschichte aus ihrem Tagebuch vor.

»Du kannst echt toll schreiben«, sagte Very ernst.

Und dann machten sie fürs Bandenbuch ein Gruppenbild mit Schrank. Bob stellte die Kamera auf das Nachtkästchen und die *Wilden Küken* quetschten sich zu Bussi und Birdie in den Schrank. Das Lämpchen des Selbstauslösers blinkte, und genau als alle drei wegen Hühnerkacke von oben den Kopf einzogen, blitzte es.
Später gab es Pizza und zur Nachspeise Nonnas *Panna cotta* mit warmer Erdbeermarmelade.
Lilli und Very probierten alle möglichen Shirts, Nachthemden und Schlafanzüge von Bob an und machten eine Modenschau für Bussi und Birdie, die, wie Hühner das eben tun, zu allem mit dem Kopf nickten.
Endlich lagen Very und Lilli in den Hängematten und Bob im Himmelbett. Lilli klappten vor lauter Erschöpfung schon die Augen zu, da rief Bob plötzlich: »Eisalarm!«
»Was ist denn los?« Very sprang aus der Hängematte.
Lilli rieb sich die Augen. »Heute ist doch keiner von uns das Gehirn eingefroren.«
»Noch nicht«, sagte Bob und schleppte kurz drauf eine Riesenpackung Pistazieneis aus der Tiefkühltruhe der Eisdiele an.
Eis löffelnd saßen sie zu dritt in Bobs Himmelbett.
»Pistazieneis schmeckt wie Sommerferien«, sagte Lilli.
»Grün und süß.« Very leckte sich über die Lippen.
»Danke für die Hängematten.« Bob hickste. »Oje, ich hab Schluckauf!«
»Und ich hab Ole eine Ohrfeige gegeben«, sagte Lilli. Und

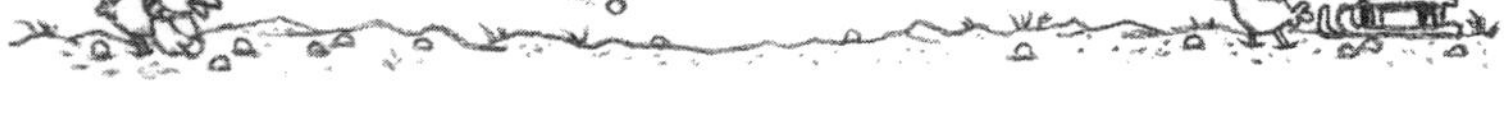

dann erzählte sie ihren Freundinnen endlich alles. Wie sie mit Ole auf der Eisbahn zusammengeprallt war, wie sie auf dem Eis lag und wie Ole sie geküsst hatte.
»Und wie war's?«, fragte Very, da musste Lilli lachen, bis auch sie Schluckauf hatte.

Als Lillis Vater und Luisa Lilli am Sonntagmorgen bei Bob abholten, frühstückten sie alle zusammen. Lilli, Bob und Very saßen an ihrem Lieblingstisch und tranken ihre heiße Milch heute ausnahmsweise mit einem Schuss Kaffee. Die Erwachsenen waren um zwei zusammengestellte Tische versammelt. Gemeinsam verdrückten sie die letzten Reste von Nonnas *Panna cotta* und auf dem Adventskranz der Eisdiele brannten alle Kerzen.

Während Very ihren Opa anrief und Bob müde, aber glücklich vor sich hin gähnte, beobachtete Lilli ihren Vater und Luisa. Sie hatte die beiden seit dem Streit am Freitagabend nicht mehr zusammen gesehen. Bei ihrer Rückkehr am späten Freitagabend war Luisa schon im Bett gewesen, und als Lilli am Samstagmorgen das Haus verließ, hatte ihr Auto nicht mehr in der Einfahrt gestanden.

Luisa saß neben Lillis Vater, behandelte ihn aber nicht anders als Bobs Mutter neben sich. Kein Kuss, kein Händchenhalten, kein über den Rücken streicheln. Mit leiser Besorgnis registrierte Lilli das Fehlen all der Zärtlichkeiten, die sie früher so oft genervt hatten.

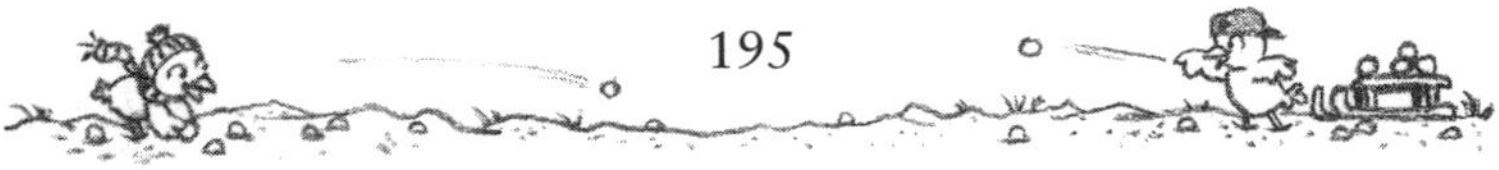

»Nonnas *Panna cotta* ist die beste Süßspeise der Welt!« Luisa schloss genießerisch die Augen.
»Nein«, sagte Lilli. »Die zweitbeste. Gleich nach ihrem Pistazieneis.«
Die Nonna lächelte nur und schlürfte ihren Espresso.
Nach dem Frühstück reichten Bob und Very Lilli den Korb mit Bussi und Birdie ins Auto, in dessen Laderaum auch noch drei frische Strohballen lagen.
»A domani«, sagte Bob.
»Bis morgen in der Schule.« Very winkte.
Morgen war der vorletzte Schultag vor den Ferien. Also würde Lilli Ole in diesem Jahr noch zweimal begegnen. Morgen und übermorgen. Wieso konnten die Ferien nicht schon heute anfangen? Lilli reckte die Hand aus dem Autofenster, bis Bob und Very nicht mehr zu sehen waren.
Luisa, die vorne saß, fröstelte. Lilli machte sofort das Autofenster zu und ihr Vater stellte die Heizung an. Bussi und Birdie gluckten leise im Korb neben Lilli.
Aus dem Autoradio kamen genau die amerikanischen Weihnachtslieder, die Luisa ihnen in Englisch beigebracht hatte. Wie von selbst begannen Lilli und Luisa, erst mehr nur für sich, dann aber laut und gemeinsam mitzusingen. Auch Lillis Vater brummte mit.
Luisa schüttelte den Kopf. »Dein Englisch, Stefan, ist schlechter als das von Lilli.«
»Vielleicht solltest du *Power Learning* mit ihm machen, Luisa!«, schlug Lilli vor, und Bussi und Birdie gackerten.

Kaum hatte Lilli den Korb geöffnet, flatterten Bussi und Birdie aufgeregt durch die Kükenkajüte. Aber schon bald hatten sie sich wieder beruhigt und kuschelten sich in ihre Nester. Lilli hielt Bussi ihren Zeigefinger hin und ließ es sich gefallen, dass das freche Huhn mit dem Schnabel an ihrem Fingernagel knabberte. Birdie hingegen ruckelte in ihrem Nest herum, bis sie halb im Heu versunken war, und plusterte sich schließlich zufrieden auf.
Luisa und Stefan hatten inzwischen das kleine Zelt wieder instand gesetzt und die neuen Strohballen darin verstaut, und jetzt standen sie nebeneinander auf dem Steg. Lilli lief bis vor zum Bug des Schiffes und beugte sich über die Galionsfigur. Die wenigen Wolken am Himmel waren so weiß wie der Schnee.
Der Weiher war vollends zugefroren, auch um die Schilfinsel herum. Nur am Betonrohr gab es noch eine kleine Stelle offenen Wassers.
Lillis Vater kletterte vorsichtig vom Steg und prüfte die Tragfähigkeit des Eises. Dann streckte er Lilli die Hände entgegen, Lilli sprang über die Reling direkt in seine Arme, und sie plumpsten beide in den Schneewall, der die *Mystery* umgab.
»Trägt das auch sicher?«, fragte Luisa.
»Als wir vorhin über die Brücke gefahren sind, waren ja sogar Eisstockschützen auf dem Fluss«, rief Lillis Vater und stampfte auf das Eis. »Mehr Eis als Wasser!«
Da lief Luisa schnell zurück zum Auto und kam mit einer

großen Tüte wieder. »Heiligabend ist zwar erst am Mittwoch, aber wo wir schon mal hier sind.« Sie holte drei Paar Schlittschuhe aus der Tüte, zwei weiße und ein schwarzes. Lilli probierte ihre auf der Stelle an.
»Passen sie?«, fragte Luisa, und Lilli nickte.
Es war wirklich bequem, sich aus dem Sitzen heraus vom Steg abzustoßen. Erst stolperte Lilli ein bisschen, weil in der Nähe der *Mystery* so viel Schnee auf dem Eis lag, aber weiter in der Mitte glitten die Kufen ganz gleichmäßig über das Eis. Lilli fuhr ein Stück rückwärts und malte Zwiebelmuster in die dünne Schneeschicht.
Lillis Vater zupfte einen Strohhalm aus Luisas Haaren. »Ich kann überhaupt nicht Schlittschuh laufen.«
Luisa fuhr los und lief einen weiten Bogen. Sie umrundete Lilli und dann fuhren beide Achter.
Sich an den Planken festhaltend, stakste Lillis Vater mit unsicheren Schritten den Steg entlang.
Luisas Haare flatterten, sie beugte den Körper nach vorne und breitete die Arme aus. Lilli machte es ihr nach und so segelten sie auf Lillis Vater zu, der inzwischen jammernd auf dem Eis hockte. »Meine Kufen sind viel rutschiger als eure.«
»Komm, wir nehmen dich in die Mitte!« Lilli streckte ihm die Hand hin.
Luisa nahm ihn an der anderen Hand und dann glitten sie zu dritt auf wackligen Beinen über das Eis.

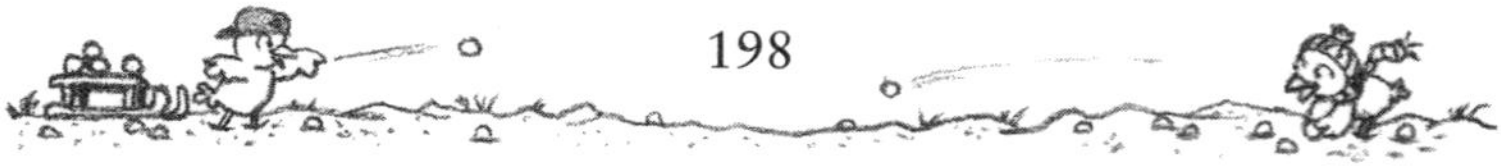

Den ganzen Montagvormittag wechselten die *Wilden Küken* kein Wort mit den *Grottenolmen*, nicht im Klassenzimmer und auch nicht auf dem Pausenhof.
Enya versuchte ein paar Mal, mit den drei Jungs zu reden, aber immer taten sie so, als wäre Enya Luft für sie.
Immer, wenn Lilli zu Ole hinschaute, wich er ihrem Blick aus.
Nach der Schule verabschiedeten sich Lilli und Very von Bob, die zum Mittagessen Richtung Mensa ging, weil sie später noch Orchesterprobe hatte.
»Soll ich dich nach Hause fahren, Lilli?«, fragte Opa Hinsgen, während Very ihre Schultasche im Geländewagen verstaute.
Lilli schüttelte den Kopf. »Ich fahr mit Luisa!«
Very warf Lilli eine Schokokugel aus der Tüte zu, die auf dem Beifahrersitz lag, und stieg ein.
Auf dem Weg zum Lehrerparkplatz wickelte Lilli die Schokokugel aus und steckte sie in den Mund, während sie den Parkplatz nach Luisas rotem Auto absuchte. Da ertönte aus der Fahrradhalle hinter ihr ein scheppperndes Geräusch. Lilli dreht sich um und sah, wie Ole in der Halle einer umgefallenen Mülltonne erst einen wütenden Tritt verpasste und sie dann wieder aufstellte.
Ohne dass er sie bemerkte, näherte Lilli sich ihm. Im Eingang der Fahrradhalle blieb sie stehen. Es waren nur wenige Räder abgestellt. Wegen des Schnees nahmen die meisten Schüler den Bus oder wurden mit dem Auto gebracht.

Ole holte ein kleines Geschenkpaket aus seiner Schultasche und kletterte damit auf die Tonne. Von dort aus beugte er sich über den Blechschrank, in dem der Hausmeister seine Kehrbesen und Schneeschaufeln verwahrte. Jetzt sah Lilli, dass Ole auf dem Schrank eine Reisetasche versteckt hatte, die er jetzt herunternahm.
»Was hast du vor?«, fragte Lilli.
Ertappt fuhr Ole herum. »Spionierst du mir nach, oder was?«
Lilli schwieg.
»Ich bin an Weihnachten bei meinem Dad.« Er stopfte das Geschenk in die Tasche. »Wer weiß, vielleicht zieh ich auch ganz zu ihm.« Ole schob die Tasche oben auf dem Blechkasten wieder ganz an die Wand, sodass man sie von unten nicht mehr sehen konnte. »Kein Wort zu niemandem, klar? Auch nicht zu Little.«
Lilli nickte.
»Schwör es!«, verlangte Ole.
»Großes *Wildes-Küken*-Ehrenwort!«
Er sprang von der Mülltonne. Lilli wich unwillkürlich vor ihm zurück.
»Lilli.« Er streckte die Hand nach ihr aus, aber Lilli machte noch einen Schritt rückwärts.
»Das mit der Schneefräse …« Ole fuhr sich durch die Haare. »Das war eine Scheißidee!«
»Wie konntest du nur vergessen, dass die Hühner an Bord waren?« Lillis Stimme klang eher traurig als wütend.

Ole zuckte nur mit den Schultern.
»Wenn den Hühnern bei eurer Aktion was passiert wäre, dann ...« Lilli vollendete den Satz nicht.
»Wir können bei dem Wetter nicht mehr in unser Bandenquartier.« Er kratzte mit dem Fuß auf dem Boden herum. »Aber ihr, ihr habt die *Mystery*. Einen Platz, wo ihr immer hinkönnt.«
»Ein Refugium«, murmelte Lilli.
Ole drückte auf eine Taste seiner Uhr und das Zifferblatt leuchtete blau auf. »Ich muss los.«
Lilli sah ihm nach, wie er über den Parkplatz lief und dann gemeinsam mit dem dort wartenden Little in den Bus stieg.

Die ganze Heimfahrt über saß Lilli schweigsam neben Luisa im Auto.
Vor dem Nachbarhaus versperrte ihnen ein Taxi die Fahrbahn.
»Frau Röhrich kommt zurück«, sagte Luisa.
Der Taxifahrer gab der Nachbarin ihren Koffer und schlug die Heckklappe zu. Frau Röhrich überreichte dem Fahrer einen Geldschein und er stellte ihr eine Quittung aus. Dann fuhr er los. Frau Röhrich nahm ihren Koffer und wandte sich zum Haus, aus dem soeben Herr Röhrich auf sie zueilte.
Im Vorbeifahren sah Lilli etwas, was sie noch nie gesehen hatte. Herr und Frau Röhrich küssten sich und hielten einander umarmt, bis sie aus Lillis Blickfeld verschwunden waren.

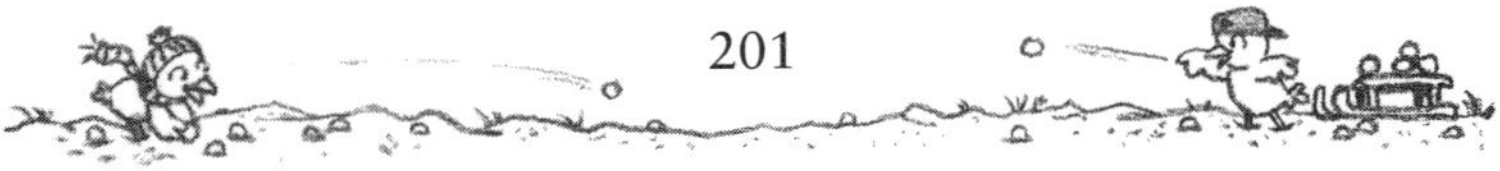

Endlich war er da, der letzte Schultag. Man merkte deutlich, dass auch die Lehrer schon in Ferienstimmung waren. Bei Luisa, also bei Frau Wilhelms, wie Lilli sie in der Schule nannte, guckten sie einen Film über amerikanische Weihnachtsbräuche. Im Musiksaal hörten sie mit Frau Homolka das Weihnachtsoratorium von Johann Sebastian Bach, aber bei den meisten steckten in den Ohren die Stöpsel ihrer kleinen Player mit der eigenen Musik, und Frau Homolka tat, als würde sie es nicht bemerken. Und sogar Frau Schley schob am Anfang ihrer Doppelstunde Mathematik den Rollwagen mit der Videoanlage herein und führte den Schülern ihren Lieblingsweihnachtsfilm vor, der so romantisch war, dass die Jungs sich einen Ast lachten und dauernd dazwischengrölten, während die Mädchen schnieften. Sogar Mareike und Denise waren zu Tränen gerührt und bedankten sich nach dem Film bei Lilli, weil sie das Schneeleopardenfoto nirgends rumgezeigt hätte. Da gestand Lilli, dass so ein Foto gar nicht existierte. Eine Sekunde lang starrten die Zicken Lilli fassungslos an, aber dann lachten sie über ihre eigene Dummheit und machten Lilli Komplimente für den gelungenen Trick.
Als der Schulgong endlich das Unterrichtsende vermeldete, dachte niemand mehr an die Strafe für die Schneeballschlacht mit Folgen. Niemand, außer Frau Schley, die das allgemeine Feriengeheul übertönte. »Lilli Holler, Verena Graefe, Roberta Wilhelms, Enya Morawski, Mitch Mittermeier und Ole Roland bleiben hier zum Strafputzen.« Frau Schley zog sich den engen Hosenbund zurecht. »In

einer Viertelstunde komme ich mit Herrn Buse und kontrolliere!«
Es gab natürlich eine lautstarke Reaktion, die eine Mischung aus Bitten um Begnadigung und Protest war, aber Frau Schley stellte sich taub, und die Truppe machte sich auf zum Hausmeister.
Kurz darauf kehrte sie, mit guten Ratschlägen, Putzeimern, Besen, Müllsäcken und Schrubbern ausgestattet, zurück ins Klassenzimmer.
Mitch hielt den Wischmopp wie ein Gewehr unterm Arm. »Das wird kein Spaziergang, Leute. Es wird Verwundete geben, vielleicht sogar Tote, aber wir lassen keinen zurück, nicht einen einzigen Mann. Denn wir sind das dreckige Dutzend und wir haben eine Mission!«
»Mitch«, Very drückte ihm den Wischmopp richtig herum in die Hand. »Wir sind kein Dutzend, sondern leider nur zu sechst!«
»Nein, zu fünft!«, stellte Bob fest.
»Wo ist denn Ole?«, fragte Enya.
Wie aufgescheucht, liefen sie raus auf den Gang, links die Treppen hinunter und rechts die Treppen wieder hinauf. Ole war nicht zu finden. Er musste sich auf dem Rückweg vom Hausmeister einfach verdrückt haben.
»So eine faule Socke«, schimpfte Bob.
»Gleich kommen die Schley und der Buse.« Mitch biss auf seiner Lippe herum. »Wenn die merken, dass sich der Boss verkrümelt hat, kriegt er einen Verweis.«

»Selbst schuld«, sagte Enya. »Oder?« Fragend schaute sie zu Lilli.
»Wo ist Little?«, rief Lilli aufgeregt.
»Dem hat die Schley doch gar keine Strafe aufgebrummt!« Very kräuselte verwirrt ihre spitze Nase.
»Mitch!« Lilli entriss ihm den Wischmopp. »Wo ist Little?«
Mitch zuckte mit den Schultern. »Wahrscheinlich wartet er auf den Bus, wenn der nicht schon weg ist.«
»Ihr macht hier weiter, und ich versuch, Little aufzutreiben.« Lilli rannte aus dem Klassenzimmer.
»Aber du kommst schon wieder?«, rief Very ihr noch nach.
Und Lilli kam wieder. Sie hatte Little gerade noch erwischt, bevor er in den Bus steigen wollte, und schob ihn jetzt ins Klassenzimmer.
»Los, Little!« Lilli zerrte an seinem Jackenärmel. »Zieh dich aus!«
Little schüttelte den Kopf. »Lilli, ich kann das nicht tun.«
»Es hat schon einmal funktioniert«, flüsterte Lilli ihm ins Ohr. »Du weißt doch, wie schnell aus ein paar falschen Informationen und Rückschlüssen ein Irrtum entsteht.«
Lilli warf seine Jacke beiseite und zog ihm auch noch den grauen Pullover aus.
Mitch stand der Mund offen, Bob versuchte, Lilli aufzuhalten, und Very schüttelte nur noch den Kopf.
Lilli wuschelte durch Littles glattfrisierte Haare.
»Ich hab's kapiert!« Lachend öffnete Enya Littles obersten Kragenknopf.

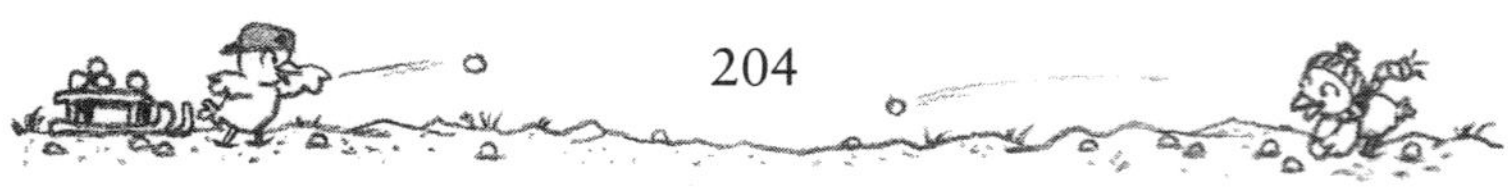

Lilli krempelte ihm die Hemdsärmel hoch und schärfte ihm ein, was er sagen sollte.
Als Frau Schley und Herr Buse zur Kontrolle auftauchten, fanden sie einen fleißigen Trupp Schüler vor.
Frau Schley näherte sich Little. »Ole, was machst du denn für ein Gesicht?«
Hinter dem Rücken von Frau Schley zwinkerte Lilli ihm auffordernd zu.
»Das ist voll grottig«, sagte Little und hörte sich wirklich an wie Ole.
Frau Schley musterte ihn mit kritischem Blick.
Little fuhr sich genau so durch die Haare, wie Ole es immer tat.
»Lilli, die blöde Kuh, wirft 'ne Lampe kaputt und wir alle können hier schuften!«
»Genau, Boss!« Mitch patschte Little auf die Schulter und sah dabei aus, als würde er gleich explodieren vor Lachen.
»Frau Schley«, lenkte Very jetzt die Lehrerin ab, »müssen wir wirklich auch noch die Turnhalle putzen?«
Frau Schley drehte sich zu Herrn Buse um. »Was meinen Sie, Herr Kollege?«
»Dann dauert das ja noch ewig«, brummte Herr Buse. »Und wir müssen das Ganze ja beaufsichtigen, also …«
»Also wollen wir gnädig sein«, entschied Frau Schley. »Ihr macht das Klassenzimmer fertig und dann ab in die Ferien!«

Chicken-Cheese schrieb Bob in Schönschrift unter das Foto, das sie eben ins Bandenbuch der *Wilden Küken* geklebt hatte. Very hatte sich das Foto von Lilli mit der Feder in der Mütze von Enyas Handy runtergeladen. Lilli fand das Foto nach wie vor blöd, aber Bob und Very hatten sie überstimmt.

Very drehte den Stromboli etwas höher, und Bob klebte auch noch das Foto ein, das sie von ihrem Schneehuhn gemacht hatten, sowie das von den Hand-, Pfoten- und Krallenabdrücken im Betonsockel und ihr Gruppenbild mit den Hühnern in Bobs Schrank.

Bob schraubte die Klebstofftube zu und strich über das Foto, das im Bandenbuch eine eigene Seite bekommen hatte. »Das werde ich nie vergessen!«

»Ich auch nicht«, sagte Lilli.

Und Very schrieb *Wilde-Küken-Weihnacht* über das Foto, das Lillis Vater von ihnen als Schnee-Engel gemacht hatte.

»Morgen ist Heiligabend«, seufzte Lilli. »Das heißt, morgen werden wir uns nicht sehen.«

Bob machte ihren Pfeifmund und sagte: »Ich freu mich

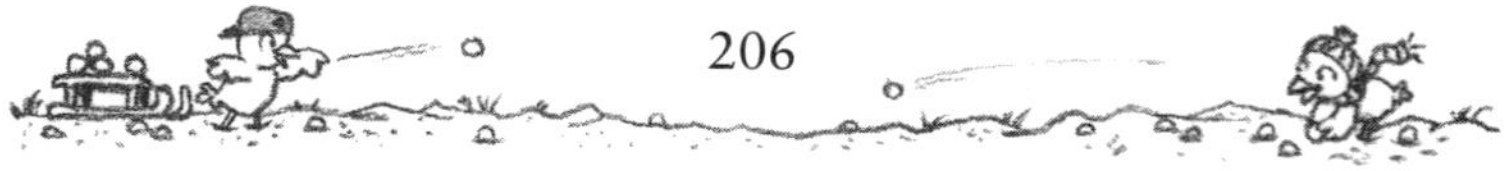

schon richtig auf Weihnachten.« Lachend fügte sie hinzu. »Sogar *con tutta la famiglia*.«
»Ich freu mich auch.« Very stützte ihren schmalen Kopf zwischen die Hände. »Zum Glück hat der Feng-Shui-Guru abgesagt, den Ilona über die Feiertage eingeladen hat.«
Lilli seufzte. »Keine Ahnung, wie's bei mir zu Hause wird. Auf alle Fälle anders als bisher.«
»Guckt euch die Hühner an!« Lachend zeigte Bob auf Bussi und Birdie, die das Papier von den Petersilientöpfen abgezupft hatten und gierig nach den krausen Blättern pickten.
»Die können Weihnachten nicht abwarten«, sagte Very, »und fressen ihre Geschenke schon auf, bevor sie überhaupt ausgepackt sind.«
Bob machte das Papier ab und die Hühner gackerten vor lauter Freude über das Grünzeug.
»Lilli?«, rief von draußen eine Stimme, und ein leises Wummern an die Schiffswand war zu hören.
Kurz dachte Lilli, es könnte Ole sein. Aber es war Little, der mit seinen Fäustlingen gegen die Schiffswand pochte. Lilli öffnete ihm, doch er war nicht allein. Hinter ihm auf dem Steg stand Frau Roland. Viele kleine Atemwolken kamen aus ihrem Mund. Sie sprach schnell und aufgeregt. »Ole ist vorhin nicht von der Schule nach Hause gekommen. Linus hat mir erzählt, wie ihr die Lehrer ausgetrickst habt, also steckt er doch sicher hier irgendwo bei euch …«
»Wir haben keine Ahnung, wo Ole steckten könnte.« Bob hielt die Luke auf, aus der Very hochgeklettert kam.

Very zuckte mit den Schultern. »Soviel ich weiß, hat er nicht mal Mitch Mittermeier etwas gesagt.«
Frau Roland nickte enttäuscht. Es war kalt und sie hatte nur eine dünne Jacke an. Ihre Hände zitterten.
»Ohne Ole bin ich nur ein halber Mensch«, flüsterte Little und gab seiner Mutter einen seiner Handschuhe.
»Frau Roland«, rief Lilli. »Es könnte sein, dass er bei seinem Vater ist!«

Kurz darauf kletterten Little und seine Mutter hinab in den warmen Bauch der *Mystery*. Bob und Very warfen schnell eine Decke über das Bandenbuch, und Lilli räumte ihre Strickstulpen beiseite, damit Frau Roland und Little sich auf die ausklappbare Koje setzen konnten.
Little streichelte Birdie, die ihm, kaum dass er sich hingesetzt hatte, auf den Schoß gehüpft war, und Frau Roland telefonierte mit ihrem Exmann.
»Nein, Martin, ich rege mich nicht auf, ich halte es nur nicht für sehr erwachsen, dass du nicht mal auf die Idee kommst ...« Sie brach mitten im Satz ab und es sah kurz so aus, als wollte sie das Handy erwürgen, dann hielt sie es aber wieder an ihr Ohr. »Martin, wir diskutieren nicht lang. Wenn Ole das partout will, dann ist mir das recht. Es ist nur, erst kümmerst du dich die ganze Zeit nicht und dann –« Wieder wurde sie unterbrochen und sie lauschte ins Handy. »Gib ihn mir doch mal selbst ... Nein, wenn Lilli nicht so vernünftig gewesen wäre, dann würde dich

inzwischen die Polizei suchen ... Was hast du dir nur dabei gedacht?«

Lilli hatte keine Ahnung, was Ole zu seiner Mutter sagte, aber sie konnte spüren, wie traurig seine Worte Frau Roland machten.

»Natürlich ist das deine Entscheidung. Wenn du bei Martin und Carmen feiern willst, dann tu das.« Sie schluckte. »Frohe Weihnachten, Ole.« Dann legte sie auf.

Eine Weile sagte niemand etwas.

Lilli wusste, dass Ole ihr das nie verzeihen würde.

Als Little und seine Mutter von Bord gingen, drehte sich Frau Roland noch einmal um. »Tolles Schiff. Kein Wunder, dass die Jungs euch so darum beneiden.«

Lilli, Bob und Very brachten Bussi und Birdie hinauf in die frisch ausgemistete Kükenkajüte, dann machten sie noch ein wenig Ordnung unter Deck und verabredeten sich für den ersten Weihnachtsfeiertag. Very stellte den Stromboli ab, Bob verstaute das Bandenbuch unter der Planke und Lilli legte die Holzperle ins Astloch.

Und als sie die Luke verschlossen, lagen unter Deck drei kleine Weihnachtspäckchen für ihr nächstes Bandentreffen bereit.

Lilli zündete die Kerzen am Weihnachtsbaum an. Der bunte Holzschmuck, den Lilli und ihr Vater über all die Jahre gebastelt hatten, baumelte von den Zweigen der Nordmanntanne, und Luisas große Glaskugeln glitzerten. Um den

Stamm des Weihnachtsbaums war das gelbe Sternentuch geschlungen, und Lilli, ihr Vater und Luisa sangen Weihnachtslieder wie neulich schon im Auto, nur dass sie jetzt von Sneakers bellendem Bariton unterstützt wurden.
Unter dem Baum lagen die Schlittschuhe, die zwar schon etwas gebraucht waren, das Päckchen, das Lilli vorhin noch schnell in Silberpapier eingewickelt hatte, eine Dose Hundekuchen mit einer Schleife drum herum und die kleine Landkarte, auf der Luisa ankreuzen sollte, wohin sie im Frühjahr mit Lillis Vater verreisen wollte. Und natürlich das Geschenk, das Lilli von ihm bekommen hatte. Es war ein extrabreiter, halbhoher Schaukelstuhl.
»Groß genug für drei *Wilde Küken*! Eher eine Schaukelbank als ein Schaukelstuhl.« Ihr Vater schaukelte Lilli darin hin und her. »Wenn ihr die an Deck eures Schiffes stellt, fühlt ihr euch wie bei Seegang.«
Lilli strich glücklich über das glatt polierte Olivenholz der Schaukelbank.
»Und für wen ist das?« Lillis Vater kroch unter den Baum und hielt das silberne Päckchen hoch.
»Für euch beide«, sagte Lilli.
Fast andächtig wickelten Lillis Vater und Luisa das Geschenk aus. »Ein Kochbuch«, rief Lillis Vater.
Luisa schlug es auf und las *Für Papa und Luisa von Lilli*.
Luisas Augen glänzten.
»Da sind ja tolle Gerichte drin.« Lillis Vater blätterte durch das Buch und stutzte. »Aber hier fehlen ein paar Seiten.«

»Die Rezepte mit Huhn hab ich rausgerissen«, gestand Lilli.
»Komm her, du *Wildes Küken*!« Luisa umarmte die überraschte Lilli und ließ sie erst wieder los, als es klingelte.
»An Heiligabend?«, wunderte sich Lillis Vater. »Wer kann das denn sein?«

»Henriette, jetzt kommt doch erst mal rein.« Luisa führte Frau Roland und Little ins Wohnzimmer.
»Lilli, du bist meine einzige Hoffnung, weil Ole, ich hätte mir das ja denken können, ich mein, Martin und ich haben uns schließlich nicht umsonst getrennt, er ist einfach, wir haben schon überall angerufen, aber …«
Luisa reichte ihr ein Glas Wasser. »Henriette, was ist passiert? Erzähl mal ganz ruhig der Reihe nach.«
Frau Roland nickte, trank einen Schluck Wasser und fasste sich an die Nasenwurzel, um sich zu konzentrieren.
Da ergriff Little das Wort. »Ole wollte bei Papa Weihnachten feiern, aber vorhin hat Papa angerufen und gesagt, es hätte irgendwie Streit gegeben.«
»Ole ist abgehauen«, Frau Roland nahm Lillis Hand. »Bei Mitch ist er nicht, also dachte ich, dass er vielleicht hier bei dir ist.« Sie schaute Lilli eindringlich an. »Dir vertraut er doch am ehesten, aber wenn du ihn hier irgendwo versteckt hast, dann …«
Lilli wandte sich an Little: »Habt ihr schon in der Grottenolmgrotte gesucht?«
Little schüttelte den Kopf.

Lilli schlüpfte in ihre Stiefel und schnappte sich ihr Handy. »Wir müssen ihn suchen!« Und obwohl es um einen *Grottenolm* ging, tippte sie das Wort *EISALARM*.

Keine halbe Stunde später stapften die *Wilden Küken*, Little, Mitch, Frau Roland, Luisa und Lillis Vater durch den Keltenwald.

Der Schnee glitzerte im Licht ihrer Taschenlampen und immer wieder rief jemand nach Ole.

»Such, Sneaker!« Lillis Vater hielt dem Hund ein T-Shirt von Ole unter die Nase, aber Sneaker war kein guter Spürhund, sondern lief nur immer allen vor die Füße.

»Vorsicht, da drüben ist eine Fallgrube.« Little leuchtete auf einen Schokoriegel, der auf der Schneeoberfläche lag.

Der ganze Trupp machte einen Bogen um den Schokoriegel und endlich erfassten die Lichtkegel den Palisadenzaun.

Wieder riefen alle nach Ole, verstummten aber jenseits des Zauns vor Schreck. Eine schwere Lawine hatte sich von der Felskuppe über der Grotte gelöst und das ganze Bandenquartier verschüttet. Nur noch ein paar Dachbretter der Hütte waren zu sehen.

Frau Roland schlug die Hände vors Gesicht. Luisa und Lillis Vater schauten sich ratlos an. Mitch begann, wie ein Irrer zu graben, und Sneaker machte es ihm nach. Aber sobald der Hund eine aufgerissene Tüte mit Marshmallows ausgebuddelt hatte, verlor er das Interesse an der Lawine.

Kurz standen alle ratlos da und man hörte nur Sneaker

mit der Tüte rascheln. Little schob seinen Ärmel hoch und drückte auf eine Taste an seiner Uhr. Das Zifferblatt leuchtete blau auf. »Seit Ole von Papa weg ist, sind zwei Stunden und achtundvierzig Minuten vergangen.«
Das blaue Licht der Uhr erlosch.
»Refugium«, murmelte Lilli, und gleichzeitig schossen ihr die Worte durch den Kopf, die Ole in der Fahrradhalle zu ihr gesagt hatte. »Wir können bei dem Wetter nicht mehr in unser Bandenquartier, aber ihr, ihr habt die *Mystery*. Einen Platz, wo ihr immer hinkönnt!«
Lilli lief los und die anderen folgten ihr. Am Keltenbuckel vorbei, über den Schlangenbach, rauf auf den Hügel und runter zur Weiherwiese. Lilli musste immer wieder an das Vorhängeschloss vor der Luke und den verschlossenen Stromkasten denken und wie kalt es war.
Auf dem Weg hinunter zur Weiherwiese stolperte Lilli fast über ein Weihnachtspaket, das dort im Schnee lag. Sie wich in letzter Sekunde aus, rutschte und fiel der Länge nach hin. Schon waren die anderen bei ihr und Bob und Very halfen Lilli auf.
Mitch begutachtete das Paket. »Sieht aus, als wär ein Panzer drübergefahren!«
Very bückte sich neben Mitch und klapperte vor Kälte mit den Zähnen. »Vielleicht hat er das von seinem Dad bekommen.«
Mitch schlüpfte aus seiner Jacke und legte sie Very um die Schultern.

Die Erwachsenen durchsuchten das Zelt, fanden aber nichts außer den Strohballen.
Von der *Mystery* herüber hörte man Bussi und Birdie leise gackern.
Lilli kletterte die Leiter hoch und öffnete die Tür der Kükenkajüte. Erleichtert atmete sie auf. Mit seinem Parka zugedeckt, lag Ole zwischen den Hühnern im Stroh und schlief.
»Ole«, flüsterte Lilli. »Bist du okay?«
»Lilli!« Erschöpft schlug Ole die Augen auf. Dann aber griff er plötzlich hellwach in die Taschen des Parkas und strahlte. »Schau mal, die hab ich in ihren Nestern gefunden.«
In jeder Hand hielt er ein Hühnerei.

Eisalarm schrieb Bob in der Geheimschrift der *Wilden Küken* ins Bandenbuch.

Sie kaute an dem neuen Füller, den sie zu Weihnachten bekommen hatte. »Und was soll ich jetzt schreiben, was Eisalarm bedeutet?«

»Schreib einfach Küken-SOS daneben«, sagte Very. »SOS heißt: *Save our Souls.*«

»Also: Rettet unsere Seelen!«, übersetzte Lilli.

Very grinste. »Das *Power Learning* bei Frau Wilhelms scheint ja echt was zu bringen.«

Bob pustete auf die Tinte, legte das Bandenbuch beiseite und setzte sich zu den anderen beiden *Wilden Küken* an den weihnachtlich gedeckten Tisch.

Auf den Bullaugen klebten Sterne aus Buntpapier. Es roch nach Zimt und Anis, und auf dem winzigen Weihnachtsbäumchen, das eigentlich nur ein Tannenzweig war, glitzerten Glasperlen im Licht der kleinen Kerzen aus der Geheimschublade in Lillis Zimmer.

Auf dem Stromboli stand Bobs Weihnachtskarussell aus dünnem Messingblech, dessen Windrad sich in der aufstei-

genden Warmluft drehte und drei Glöckchen leise zum Klingen brachte.

Very nahm eines der drei Weihnachtspäckchen, die noch ungeöffnet zwischen Dominosteinen, Lebkuchenherzen und Schokoladenkugeln auf dem Tisch lagen. »Von mir für uns!« Sie reichte Bob das Päckchen und Bob packte drei gehäkelte Eierwärmer aus.

Sie waren hellgelb und sahen aus wie Küken.

»Und von mir kriegen wir die hier.« Bob gab ihr Päckchen Lilli und die wickelte drei Espressolöffel aus dem Geschenkpapier.

»Und jetzt meins.« Lilli drückte das letzte Päckchen Very in die Hand.

Very brauchte ewig, bis sie die Schleife geöffnet hatte, und holte dann drei hölzerne Eierbecher aus der kleinen Pappschachtel.

»Die hab ich in Papas Werkstatt selbst gedrechselt.« Lilli legte neben jeden Eierbecher einen Espressolöffel. Bob ließ Schokoladenkugeln in die Becher plumpsen und Very setzte ihnen die Eierwärmer auf. »Na dann: Frohe Kükenweihnacht!«

»Buon Natale!«, sagte Bob und goss Dschungelfeuertee in die Tassen.

Lilli konnte kurz gar nichts sagen, so sehr war sie damit beschäftigt, sich diesen Augenblick für immer und ewig einzuprägen.

Da hörten sie von oben ein Geräusch.

»Was war das denn?«, fragte Very, die sich gerade ein Lebkuchenherz in den Mund stecken wollte.

Und Bob flüsterte: »Hört sich an wie die Tür der Kükenkajüte.«

Sofort sausten die drei an Deck und sahen gerade noch, wie Enya unter der Weide am Strohzelt vorbeilief.

»Halt!« Lilli rannte über den Steg auf die Weiherwiese, holte Enya ein und hielt sie am Arm fest.

Very kam ihr zu Hilfe. »Haben die *Olme* dich geschickt?«, fragte sie völlig aus der Puste.

Enya schüttelte den Kopf.

Bob stand oben an Bord und starrte in die Kükenkajüte. »*Mamma mia,* was ist das denn?!«

Lilli und Very zogen Enya mit sich hinauf an Deck der *Mystery* und hinein zu den Küken. Bussi und Birdie hockten in ihren Nestern und gackerten aufgeregt. Erst sah Lilli gar nicht, was Bob meinte, aber dann entdeckte sie zwei kleine Hühner, die sich ängstlich in die hinterste Ecke der Kükenkajüte drückten. Das eine kleine Huhn war weiß und zerrauft, das Gefieder des anderen schimmerte schwarz und war ganz glatt.

Lilli glaubte, ihren Augen nicht zu trauen.

»Das sind Flocke und Ines!«, sagte Enya. »Die hat mir ein Mitarbeiter von Gut Feldberg geschenkt, aber meine Mutter erlaubt nicht, dass ich sie behalte.«

»Die sind ja niedlich.« Very näherte sich den kleinen Hühnern ganz langsam und fing an, Ines zu streicheln.

»Ich dachte, bei euch hätten sie's am besten!« Enya lächelte Lilli an und kletterte die Leiter hinunter. Auf dem Steg winkte sie. »Also dann, bis nach den Weihnachtsferien.« Die *Wilden Küken* wechselten einen kurzen Blick und wussten, was zu tun war.

Lilli, Bob, Very und Enya hatten es sich zu viert auf den drei Kojen der *Mystery* gemütlich gemacht. Bob hatte ihr Huhn Bussi auf dem Schoß, Very ihre Birdie, Enya hielt Ines im Arm und Lilli Flocke. Lilli pustete in Flockes strubbeliges Gefieder. »Flocke passt. Weiß wie eine Schneeflocke!« Das kleine Huhn kuschelte sich in Lillis Hände. Unter ihrem Zeigefinger fühlte Lilli das Klopfen des winzigen Hühnerherzens.
Ziemlich lange sagte niemand etwas.
Nur das Weihnachtskarussell klingelte. Und dann entdeckten Lilli, Bob und Very gleichzeitig die schwarze Feder auf dem Boden.
Lilli setzte Flocke in ihren aufgehaltenen Pulli und hob die Feder auf.
»Die ist eindeutig von Ines«, sagte Bob.
»Was für eine schöne Hühnerfeder!« Very berührte unwillkürlich die Hühnerfeder, die sie selbst um den Hals trug.
»Fehlt nur noch ein Lederband.« Lilli drückte Enya die schwarze Feder in die Hand.
Vor Enyas Augen hob Very die geheime Planke hoch und Bob nahm das Bandenbuch heraus.

Die *Wilden Küken* spuckten auf ihre Finger. Enya machte es ihnen mit fragendem Gesichtsausdruck nach.
Lilli, Bob und Very hoben die Hand und sagten wie aus einem Mund: »Ich schwöre, die Geheimnisse der *Wilden Küken* mit Leib und Leben zu schützen und nie zu verraten, sonst will ich auf der Stelle tot umfallen.«
»Ich schwöre, die Geheimnisse der *Wilden Küken* mit Leib und Leben zu schützen und nie zu verraten, sonst will ich auf der Stelle tot umfallen«, wiederholte Enya.
Die vier *Wilden Küken* rieben ihre Spuckefinger aneinander, Bussi, Birdie, Ines und Flocke gackerten leise und ein Schneeball knallte ans Bullauge.
»Die *Grottenolme*!«, rief Lilli und rannte los.
Kurz darauf hockten die vier Hühner gemütlich im Heu der Kükenkajüte und auf der Weiherwiese rollten die vier *Wilden Küken* zusammen mit Ole, Little und Mitch immer größer werdende Schneekugeln. So dauerte es keine halbe Stunde, bis ein Riesenschneehuhn zusammen mit einem sehr drachenartigen Riesenschneeolm den Steg bewachte.
Dann bewunderten die *Olme* die beiden neuen Hühner und die Schaukelbank, die neben dem Auslauf der Hühner an Deck stand. Abwechselnd schaukelten mal die drei *Olme* und mal die vier *Wilden Küken* und sahen Flocke und Ines dabei zu, wie sie den Auslauf erkundeten. Als würde sie einen Fluchtweg suchen, streckte Flocke immer wieder den Kopf durch den Draht, aber das Gitter war selbst für das kleinste der vier Hühner zu eng.

»Waffenstillstand?«, fragte Ole, als sich die *Grottenolme* von den *Küken* verabschiedeten.
»Aber nur, bis der Schnee weg ist!«, sagte Lilli.

Die vier Hühner waren versorgt, die Kerzen gelöscht, der Strom war abgeschaltet und die Luke verschlossen.
Lilli stand oben am Feldweg neben dem Auto von Opa Hinsgen, der Very, Bob und Enya abholte.
Lilli winkte ihren Freundinnen, bis das Auto nicht mehr zu sehen war. Dann wandte sie sich bergauf und wanderte ein paar Meter Richtung Gut Feldberg. Luisa und ihr Vater waren bei Oles Mutter eingeladen, und sie hatten vereinbart, dass Lilli nach der Kükenweihnachtsfeier auch dorthin kommen sollte. Lilli überlegte gerade, wie es wohl wäre, mit Ole und Little im Wohnzimmer ihrer Mutter um den Weihnachtsbaum zu sitzen, da nahm sie im Augenwinkel ganz entfernt eine Bewegung wahr.
Jenseits der Weiherwiese lief Ole aus dem Keltenwald und rannte auf die *Mystery* zu. In der Hand hatte er ein kurzes Brett und einen Hammer.
Sofort machte auch Lilli kehrt. Als sie atemlos an der *Mystery* ankam, konnte sie Ole nicht sofort entdecken.
Lilli ging auf den Steg zu und stellte verwundert fest, dass die Leiter nicht mehr an der Schiffswand lehnte. Suchend blickte sie sich um und sah Ole auf dem Eis. Er lag bäuchlings auf der Leiter und schob sich darauf unendlich langsam auf die offene Stelle am gegenüberliegenden Ufer zu.

»Ole, was tust du da?« Verwirrt sprang Lilli runter aufs Eis. Ole hob nur langsam die Hand, wie um Lilli zum Schweigen zu bringen. Zwei Meter vor ihm hockte Flocke an der Eiskante und ruckelte ängstlich mit dem Kopf.
Lilli fuhr ein Riesenschreck durch die Glieder. Wie kam das Huhn bloß aufs Eis? Lilli war sich ganz sicher, dass sie die Tür der Kükenkajüte verschlossen und den Riegel vorgelegt hatte.
»Putt, putt, putt«, murmelte Ole leise und schob sich auf der Leiter noch ein Stück näher an die offene Stelle im Eis. Langsam streckte er die Hände nach vorn. Flocke legte den Kopf erst in die eine, dann in die andere Richtung. Noch ein, zwei Hühnerschritte nach hinten und sie würde unweigerlich ins eisige Wasser rutschen.
»Bitte, Flocke«, flüsterte Lilli.
Und Flocke spreizte die Flügel und hopste in Oles Hände.

Lilli hielt das gerettete Huhn im Arm, während Ole die Leiter wieder ans Schiff legte.
Gemeinsam brachten sie das Ausreißerhuhn zurück in die Kükenkajüte.
»Wie kam sie da nur raus?« Lilli setzte Flocke zu Bussi, Ines und Birdie ins Stroh.
Ole zeigte auf einen handbreiten Spalt unterm Kajütendach. »Der ist mir schon an Heiligabend aufgefallen. Als ich da im Heu lag. Und vorhin ging mir dauernd durch den Kopf, wie klein Ines und Flocke sind.«

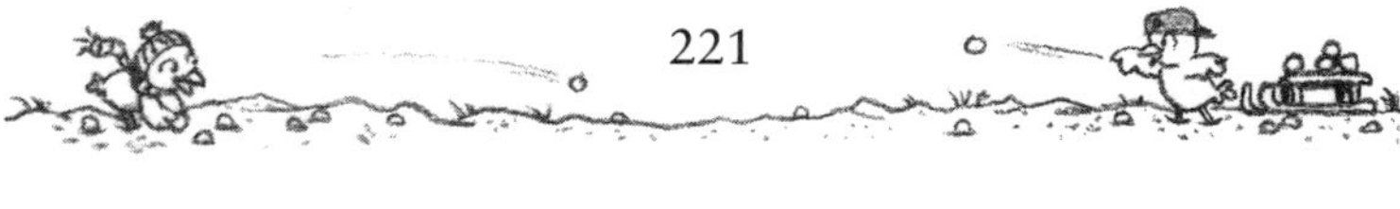

Zusammen nagelten sie Oles Brett über den Spalt und setzten sich dann auf die Schaukelbank.
Eine Weile schaukelten sie hin und her und warteten darauf, dass eines der Hühner vielleicht in den Auslauf käme, aber es kam keins.
Ole zog die Jackenärmel über seine Finger. »Das auf der Eisbahn, das war …«
»Das war schon okay.« Lilli steckte die Hände in ihre Anoraktaschen und fügte schnell hinzu. »Also, bis auf die Ohrfeige.«
Ole rieb sich lachend die Wange. »Die war echt heftig.«
»Gern geschehen«, sagte Lilli und lachte jetzt auch.
Flocke streckte den Kopf durch die Klappe, als wollte sie nach Lilli und Ole sehen, verschwand aber gleich wieder.
Ole strich über das Holz der Bank.
»Das ist Olivenholz«, sagte Lilli. »Es wächst sehr langsam.«
Nach einer Weile machten sie sich auf den Weg zurück nach Gut Feldberg und bemerkten gar nicht, dass es angefangen hatte zu schneien.

»Wir sind da!« Lillis Vater machte die Autotür auf. Lilli rieb sich müde die Augen und kletterte aus dem warmen Wagen. Luisa lief mit Sneaker schon ins Haus.
»Machst du das Tor zu?« Lillis Vater hob ein kaputtes Beistelltischchen von der Ladefläche und trug es in die Werkstatt.

Lilli drückte den Knopf und das elektrische Schiebetor schloss sich mit leisem Surren.
»Ich hab von drüben gesehen, dass ihr zurück seid.« Katrin Röhrich kam in einem lose über die Schultern geworfenen Mantel angelaufen. »Das soll ich dir geben.« Sie drückte Lilli ein Päckchen in die Hand und verschwand gleich wieder.
Lilli zog die Karte unter dem Geschenkband heraus und klappte sie auf. *Für Lilli von Nadja* stand da.
Frierend schaute Lilli zu, wie eine Schneeflocke auf der grünen Tinte schmolz.